Ruth Hogan

# 失物守护者

[英] 露丝 · 霍根 著

朱明晔 译

The Keeper of Lost Things

中国友谊出版公司

**图书在版编目（CIP）数据**

失物守护者 / (英) 露丝 · 霍根著 ; 朱明晔译. —
北京 : 中国友谊出版公司, 2018.5

书名原文: The Keeper of Lost Things
ISBN 978-7-5057-4369-4

Ⅰ. ①失… Ⅱ. ①露… ②朱… Ⅲ. ①长篇小说—英
国—现代 Ⅳ. ①I561.45

中国版本图书馆CIP数据核字(2018)第082466号

**著作权合同登记号　图字：01-2018-2670**



**书名**　失物守护者
**作者**　[英]露丝·霍根
**译者**　朱明晔
**出版**　中国友谊出版公司
**发行**　中国友谊出版公司
**经销**　新华书店
**印刷**　北京嘉业印刷厂
**规格**　787毫米×1092毫米　32开
9. 25印张　185千字
**版次**　2018年8月第1版
**印次**　2018年8月第1次印刷
**书号**　ISBN 978-7-5057-4369-4
**定价**　45. 00元
**地址**　北京市朝阳区西坝河南里17号楼
**邮编**　100028
**电话**　（010）64668676

**如发现图书质量问题，可联系调换。质量投诉电话：010-82069336**

献给比尔，我最忠实的伙伴

以及蒂利·比恩公主

不堪玫瑰刺痛的人，不配拥有它的美。

——安妮·勃朗特

一想到你，我便忘记

那些平常琐碎的事情

我住在梦里，像国王一样欢喜

别笑我傻气，这件事占据了我的心

对你的思念，叫我望眼欲穿

你不知道，每当靠近你，时间过得有多慢

在每朵花里看到你的笑脸，在每颗星中看到你的双眼

我就这样想念你，夜不能眠

——雷·诺贝尔

# 1

查尔斯·布拉姆韦尔·布洛克利独自在14时42分由伦敦大桥开往布莱顿的列车上，并未买票。他正安息于一个亨特利与帕尔默牌饼干盒里。火车剧烈晃动着驶入海沃兹希思站，座位边缘的盒子也随之摇摇晃晃，正要翻倒在地时，被一双手稳稳地接住了。

* * *

他很高兴能回到家里。这座维多利亚时期的红砖房名叫帕多瓦，陡直的门廊里种满了金银花和铁线莲。午后的阳光毫不留情地炙烤着大地，而回声荡漾的门厅里却阴凉清爽、花香四溢，温柔地迎接他的到来。放下背包，他把钥匙放回桌子的抽屉里，将巴拿马草帽挂在帽架上。虽已筋疲力尽，但是家里的宁静气氛使他欣慰。这份宁静，并不死气沉沉。一座老爷钟嘀嗒嘀嗒地响着，远处传来旧冰箱的轰鸣声，一只乌鸫在院子里啼啭歌唱。这座房子未曾遭受现代科技的洗礼，家中没有电脑、电视，也没有DVD、CD播放器，想要同外界产生联系，只能靠一台老式电话和一台收音机。他来到厨房，打开水龙头，等到水温变得冰冷，便灌满了一杯。现在喝琴蕾酒未免过早，喝茶又太热。

劳拉今天回家了，不过走之前留下了一张字条，还做了火腿沙拉放在冰箱里，留作他的晚餐。贴心的好姑娘，他这么想着，将那杯水一饮而尽。回到客厅，他从裤子口袋里掏出一把钥匙，打开一扇厚重的木门。而后，他拾起地上的背包，走进屋内，轻轻关上了房门。放眼望去，架子、抽屉、架子、抽屉——三面墙上都是架子和抽屉。每个架子都毫无余地，每层抽屉都毫无空隙。四十年的囤积，让这些无家可归的杂物汇聚在这个屋檐下，有了各自的名字。法式窗户上的纱网让午后刺眼的阳光稍显温和。其间一根长杆，刺穿了屋内的黑暗，与粒粒尘埃一同反射着太阳的光线。他从背包里取出那个饼干盒，小心地放在一张红木桌上——这间屋子里唯一整洁的地方。打开盒盖，他仔细观察着里面的东西，那是一种灰白色的物质，有着粗粒砂的质感。他多年前曾在家中后院的玫瑰园里播撒过类似的东西。这不是人的骨灰吗？怎么会装在饼干盒里，落在火车上？他满腹疑问地盖好盒盖。后来，他去了火车站，想要交还这个盒子，但是检票员拍着胸脯保证那只是别人丢掉的垃圾，叫他赶紧找个垃圾箱扔掉。

“你都想不到人们会在火车上丢下什么垃圾。”他说着朝安东尼耸耸肩，便不再理会他了。

安东尼已经不再为任何事惊讶，但丢掉的东西，无论大小，总能触动他的心弦。再次回到家后，他从抽屉里拿出一张棕色标签纸和一支镶金钢笔，蘸了黑墨水认真地写下日期、地点等细节：

亨特利与帕尔默牌饼干盒，内有疑似人体骨灰。

在 14 时 42 分由伦敦大桥开往布莱顿的列车上，第 6 节车厢里捡到。

逝者身份不明。愿上帝保佑，愿逝者安息。

他轻抚着盒盖，在一座架子上找到一处空地，将盒子轻推进去。

钟声响起，天色已晚，正是畅饮琴蕾酒的时刻。安东尼从冰箱里取出冰块和酸橙汁，又拿来一只绿色鸡尾酒杯和一小碟橄榄，放在银质托盘上，端入花房。他不太饿，只想借此开开胃，这样就能吃下劳拉精心准备的沙拉，以免让她失望。随后，他放下托盘，打开房门走进后花园。院子里有一台木质留声机，喇叭是通体的金黄色。他抬起唱针，将其轻轻放在那张甘草色的唱片上。艾尔·鲍利的歌声飘入空中，飞入花园，好似要同那只乌鸫一争高下。

一想到你，我便忘记

那些平常琐碎的事情

这原是他们最爱的一首歌。他听着歌曲，舒展修长的四肢坐在一把皮质靠背椅上。年轻时，他身材高大，形体健美；如今到了晚年，肌肉渐渐萎缩，几近皮包骨头。他一只手端起酒杯，另一只手拿着一个银边相框，向照片里的女子敬酒。

“干杯，干杯吧！我最亲爱的。”

他喝了一小口，向着冰凉的相框印上一枚充满爱意与渴望的吻，然后把照片放到身旁的桌上。照片里的女子并不是传统意义上的美人，但她正值妙龄，秀发翻飞，深色的眼眸闪闪发亮，即使是一张黑白照片，也藏不住她独特的美，这是安东尼在多年之后，仍会为她怦然心动的原因。她已然去世 40 年了，但依旧是安东尼生命的核心，而她的辞世却以另一种方式支撑他继续活了下来。她让安东尼·佩尔杜变成了一个“失物守护者”。

# 2

劳拉曾一度消沉迷惘，四处漂泊，以药物舒缓神经，以酒精逃避现实——文斯有了外遇。是安东尼·佩尔杜的好心收留并拯救了她。

劳拉把车停在安东尼的家门外，盘算着在这里工作的年数——10 年，不，快 11 年了。当初，她坐在候诊室里焦躁地翻阅杂志，偶然瞥到《淑女》杂志上的一则广告：

作家招聘管家 / 助手，应聘者请来信致安东尼·佩尔杜。

——邮局信箱 27312

劳拉原本想去那儿讨些舒缓痛苦的药物，却在离开前决定去应聘这份工作，这个决定从此改变了她的人生轨迹。

她打开前门走了进去，房间内一如往常的静谧气氛包裹着她。走到厨房，她接了一壶水，放在燃气灶上。安东尼此刻应该是去散晨步了，昨天他去伦敦见律师了，一整天都没见到人影。劳拉一边等水烧开，一边梳理安东尼托付的文件，有几个待付账单、待回复的信件，以及医生的预约函。看到这儿，一阵酸楚涌上劳拉的心头。在过去的数月中，她极不愿见到的就是他的衰老，像长期暴晒的画像，模糊了线条，褪去了色泽。当初面试时，他高大健壮、满头黑发，深蓝色的眼眸有如宝石，浑厚的嗓音如同著名演员詹姆斯・梅森，完全不像是 68 岁的人。

自从走进门的那一刻，劳拉便对安东尼和他的房子一见倾心。她对他的爱并非爱情，而是孩子对叔叔一般的爱。他彬彬有礼、温文尔雅的风度让她再度体会到了男性的魅力，虽然这种体验来得迟了些。他的出现让她精神焕发，使她在长久的放纵之后学会了认真生活。就跟广播四台、大本钟和歌曲《希望和荣耀之土》一样，他能带给人慰藉，却保持着适当的距离。他总是掩饰着自己的某一部分，那是一个永恒的谜。劳拉很庆幸遇到他，因为身与心的亲密曾让她深感失望，而安东尼却是一个完美的雇主，一个亲密而不越界的朋友。

劳拉爱上这座房子是因为一个盘垫。安东尼在面试时为劳拉沏了茶，端进花房，随茶壶带去的有保温壶里的牛奶、碗中的糖和夹子、茶杯、茶托、银质茶匙、过滤器及茶壶架。这些东西都摆在一个纯白色有蕾丝边的盘垫上，让人赏心悦目。在帕多瓦，包括盘托在内的一切物品，都是日常生活的一部分，而安东尼的日常生活正是劳拉所渴望的样子。文斯一直嘲笑她给家里添置此类物件的想法。他如果沏茶喝，必将茶包扔在沥水板上；喝牛奶、果汁，素来是开袋直饮，一只手抓着冰箱门来回摇晃，像个喜怒无常的少年；用餐习惯也颇为原始粗鄙，视打嗝为幽默，视放屁为快乐。好在他还愿意用刀叉吃饭，虽然几乎从未同时使用，而且餐刀还经常用作清理指甲的便利工具，但劳拉已不敢奢望更多。在文斯眼里，盘垫就是个彻底的笑话，一如劳拉在他心中的地位。

面试那天恰逢劳拉 31 岁生日，整个环节进展顺利得出人意料。安东尼问了她的饮茶习惯后为她倒了一杯，两人你一言我一语，很快便达成了雇佣协议。那是劳拉得到的最好的生日礼物，也是她新希望的起点。

水壶的响声打断了她的思绪。劳拉端着茶、抹布和清洁剂，来到花房。和文斯在一起时，她痛恨清理房间，但在这里，做家务成了乐趣。初来时，看得出主人对房子的照料有一丝漫不经心，但并不是肮脏破旧，只是有些疏忽大意。空着许多房间，只有花房和书房是安东尼常待的地方，也无客人居住其他卧室。劳拉一间接着一间地打扫，用温柔的爱让这栋房子重获生机，只有书房，是她不曾踏足的领地。安东尼起初便告诉她谁也没进过他的书房，若他不在，书房便一直锁着。她也从未多言，只是悉心照料其他房间，以备客人造访，即使从未见过有客人来。

在花房里，劳拉拾起那银边相框，拭以抛光剂，直至光滑闪耀。安东尼曾对她说，照片中的女子叫特蕾兹。劳拉知道，安东尼一定深爱着这个女子，整座房子里仅有三张照片，而她的照片便是其中之一。另外两张是他们两人的合照，一张摆在安东尼床边的小桌上，一张摆在屋后大卧室的梳妆台上。劳拉认识安东尼的这些年，从未见他像照片中那样快乐过。

文斯离开时，劳拉做的第一件事便是将大幅带框婚纱照扔进垃圾桶。在那之前，她已将其踩碎，脚跟一用力，玻璃碴正巧划破了文斯的脸。“维修人员”萨琳娜深受他的爱慕。以前劳拉总是自欺欺人，而这次她终于承认，文斯是个十足的浑蛋，但再怎么咒骂也无济于事。这只能证明自己长久的忍辱负重是多么的懦弱、愚蠢。

离开花房，劳拉穿过走廊，拾阶而上，边走边将木雕扶手擦拭得光洁闪亮。她常常好奇，书房里究竟是什么样？但她仍选择尊重安东尼的隐私，正如安东尼对她的私事从不多问一样。楼上的大卧室是最漂亮的房间，透过飘窗能望向后院。那曾是安东尼和特蕾兹的房间，如今他只睡在相邻的小卧室里。劳拉打开窗子通风，看到花园里玫瑰盛放，红的、粉的、白的，与牡丹花一同随风摇曳，与飞燕草长矛般的蓝色花瓣争相斗艳。

玫瑰花香随温热的气流飘向二楼，劳拉深吸一口气，顿觉心旷神怡。这间屋子常有花香，即使隆冬时节，花园冰冻沉睡，窗棂披霜紧闭，也不例外。劳拉直起身，轻抚已然平滑无皱的床罩，松了松脚凳上的枕头。那绿玻璃梳妆台在阳光下闪闪发亮，一尘不染。不过这屋子里也有不完美的地方——那只蓝色小瓷钟又停在了 11 时 55 分，日日如此。劳拉看了看手表，调好指针，小心地转动发条，待时钟恢复摆动，便将它放回壁炉台上。

这时，劳拉听到前门关上的声音，该是安东尼回来了，随即响起的是书房门开了又关的声音，她对这一连串声响早已了然于胸。来到厨房，劳拉煮了一壶咖啡，在银质罐子里盛些奶油，又盛了一盘消化饼干，同杯子、小碟一同放在托盘上，端到客厅里，轻叩书房门，待房门打开，将托盘递给安东尼。他面露倦色，散步并未使他精神焕发，反倒耗尽了气力。

“谢谢你，亲爱的。”

接过托盘时，他的双手微微颤抖着，看得她心疼。

“午饭有没有特别想吃的？”她像哄小孩似的。

“没有什么，你做什么都好吃。”

回到厨房，劳拉洗净水池里的杯子，那无疑是园丁弗雷迪放在这儿的。他是几年前来到这里工作的，但是一直以来劳拉都不怎么同他讲话。每次相遇，弗雷迪都很友好，礼节到位。劳拉开始处理文件，她会将文件带回家，将其输入到电脑里。刚开始替安东尼工作时，劳拉先校对手稿，再用一台老式打字机一字一字打出来。安东尼已经搁笔多年，她对那段时光怀念不已。

年轻时，劳拉还考虑过以写作为生，写小说也好，写新闻也好。当时的她事无巨细地计划着。在家乡的女子学校获得了奖学金，接着又通过了大学入学考试。她本可以过上体面的生活，却遇到了文斯。17 岁的她懵懂弱小，妄自菲薄。学校生活还算快乐，但是学业使她背井离乡。她的父亲是工人，母亲是店员，两人都以聪明的女儿为傲。他们为了给女儿买新校服，寄去一沓破破烂烂的钱；第一次听说鞋子要分室内、室外时，还禁不住大吃一惊。一切都得是新的，不能让女儿用旧的。

劳拉由衷地感激父母，他们所做的牺牲她再清楚不过。但这还不够。聪慧漂亮还远不能使她顺利跻身学生会。这个群体中的女孩们，视国外度假、剧院观演、宴会聚餐和周末出海为日常消遣。当然，她也交到了善良大方的朋友，受邀到其家中和她们同样善良大方的父母一起玩乐。在她们家里，沏茶用茶壶，面包放在点心架上，黄油盛在小碟里，牛奶倒在罐子里，果酱配有银质勺子。她们的房子都有名字而非编号，还有观景台、网球场和精修过的灌木。当然，盘垫更是必不可少。这种新的生活方式让劳拉大开眼界、心生向往。在家里，牛奶装在瓶子里，黄油盛在小筒里，白糖装在袋子里，茶水倒在杯子里，这一切就像口袋里的石头，叫她憋闷沮丧。17 岁的劳拉在两个世界之间徘徊不定，心无所归。就在这时，她遇见了文斯。

文斯比她年长，帅气而自负。他的关注让劳拉受宠若惊，他的笃定更让劳拉为之倾心。文斯对一切都胸有成竹，他还戏称自己是“隐形人文斯”。作为一个汽车经销商，文斯开着一辆红色的捷豹 E 系，一开车就满口陈词滥调。劳拉的父母懊恼不已，本希望女儿能通过接受好的教育过上更好的生活，至少好过他们，可以享受生活，无须为生存拼命。他们可能不理解盘垫存在的意义，但他们知道劳拉的生活不应仅限于金钱。对劳拉来说，和文斯在一起从不是为了钱；但对隐形人文斯来说，钱就是一切。劳拉的父亲很快便给他起了个外号，叫“钱奴文斯”。

经过几年不幸的婚姻生活，让劳拉不禁疑惑：文斯当初看上了自己哪一点？相貌可爱，但算不上美丽，更谈不上他喜欢的唇红齿白、凹凸有致的那种类型。文斯过去约会的女孩子，对他投怀送抱的热情就像开口说话一样自然。也许他把追求劳拉看成是挑战或新奇事，无论如何，只要确定她能扮演好妻子的角色就够了。然而劳拉没能满足他的愿望，反倒比他更加失望。

起初，劳拉自然是将一切过错归咎于文斯，把他想象成简·奥斯丁笔下的无赖小人，整天游手好闲，留下自己这个德才兼备的主妇在家中，做些缝缝补补的活。但在内心深处，劳拉知道那并非真相。当外遇之事大白于天下，劳拉几近崩溃。渴望逃避现实的她曾求助医生开些抗抑郁的药物，但医生极力劝她先去看看心理医生。劳拉想用这种方式了结自己，所以满心期待能碰到一个中年医生，穿着普通的衣服，有个普通的名字，批准她去开药。而结果却未能如愿，她遇到的是一个时髦的金发女医生，衣着精干，名叫鲁迪。鲁迪强迫她去面对那令人痛苦的现实，告诉她要倾听自己内心的声音，那个声音诉说着让人不愿接受的事实，举证着令人难过的实情。鲁迪说这叫作“与内心的自己对话”，并保证这种体验将让劳拉心满意足。一开始，真相如行云流水的乐曲般娓娓道来，然而，正听到陶醉时，却播放到唱盘刮坏的那块，刺耳的声音响起，让人不禁怀疑之前的美妙是否真实。这一曲奏响真相的音乐，指责着劳拉为了逃避父母殷勤的期待，转而委屈自己，嫁给文斯，错过了上大学的机会。而她不想上大学只是因为害怕失败，因为那份怕摔倒的恐惧而失去了昂首直立的勇气。其实，脑中回荡的真相之乐已经让劳拉有所动摇，但等药物到手时，她便关上了倾听的耳朵。

走廊的时钟响了一声，劳拉开始准备午餐。她打了几个鸡蛋，与黄油混合，加入花园里新摘的蔬菜，一起搅拌后，倒入灶上的锅内，看着它起泡，最后变成一块松软的金色煎蛋；又准备了盘子、白色亚麻餐巾、银质刀叉和一杯接骨木花酒。来到书房门前，劳拉把午餐递给安东尼，拿回早上喝剩下的咖啡。那些饼干一块未动。

# 3

尤妮斯

40 年前，1974 年 5 月

她决定买下这顶钴蓝色毡帽。祖母曾对她说，人可以将外表的丑陋归咎于基因遗传和缺少教育，但是乏味无趣就没有借口可讲了。上学很乏味：尤妮斯是个聪明的女孩子，但是心里却蠢蠢欲动，上课时昏昏欲睡，成绩平平。她想要波澜壮阔的生活，而非一潭死水。可工作的地方也很乏味：同事乏味，工作同样乏味，打不完的字，整理不完的文件。她的父母说这样的工作很体面，但体面的另一层含义便是无趣。只有看电影和看书时，才能逃避这无聊的现实。她视书籍为生命。

尤妮斯看到《淑女》杂志上的一则广告：

资深出版商招聘助手。轻报酬，重趣味！

这份工作显然对她再适合不过，于是她当天便申请了面试。

面试时间约在中午 12 时 15 分。她早早出门，快到时见时间充裕便放慢脚步，以城市的光影声色来装点记忆。大街上行人车辆川流不息，尤妮斯随人潮漂流，偶有冲撞。她冲鱼餐厅外边擦地边吹口哨的服务生点点头，又猛地转身，差点儿撞上一个身形肥胖、大汗淋漓的游客，那人正忙着翻看旅游手册寻觅目的地。她冲大罗素街角一个容貌帅气但面露忧虑的高个男子笑笑。两人擦肩的一瞬，她将对方的一切尽收眼中：他身材健美，一双蓝色的瞳仁颇为迷人，举止中处处透着修养。他焦急地看着手表，左顾右盼，显然是在等待一个迟到的人。11 时 55 分，时间仍然充裕，她继续走着，想象着即将到来的面试和面试官，希望那个人像刚刚遇见的站在街角的男人，但也可能是一个留着黑色短发、涂红唇的干练女人。

尤妮斯来到布鲁姆斯伯里大街上的约定地点，由光滑的绿色大门进入，并未注意对面街上聚集的人群和远处悠扬的汽笛声。按下门铃后，她挺直腰背，双脚并拢，昂首挺胸，静静等候。门后传来下楼的脚步声，随后门便打开了。尤妮斯对开门的男子一见倾心，他中等身高，中等体型，浅棕色头发，面容和善，一只鼻子一张嘴，两只耳朵两只眼，但整体看上去让人赏心悦目。他握住她的手，像怕她从楼梯上掉下去似的。他上气不接下气，边上楼边激动地对尤妮斯说：

“你就是尤妮斯吧。很高兴见到你。叫我邦勃就好，大家都这么叫。”

楼上就是办公室，空间大而明亮，整洁有序。书架和抽屉靠墙陈列，窗户下面立着三个文件柜。有趣的是，每个柜子上都贴着标签，分别是“汤姆”“迪克”和“哈利”。

“在隧道后面。”邦勃看到她注目的神情，猜出了她的疑问。但是尤妮斯仍然疑惑不解。

“看过《大逃亡》吗？史蒂夫·麦奎因，迪克·阿滕伯勒，几包沙子，铁丝网和摩托车？”

尤妮斯笑了。

“看过吧？真刺激！”他哼着电影主题曲。

尤妮斯决心已定，这正是她理想的工作。如果工作需要，她甘愿把自己锁在文件柜上保护文件安全，幸运的是她不需要这么做。不过她确实看过《大逃亡》，也非常喜欢这部电影。邦勃在办公室旁的小茶水间沏了一壶茶，庆祝她顺利得到工作。她返回办公室时，茶水间传来一声犬吠，原来是一只白底棕花的小猎狗，一只耳朵耷拉着，左眼周围有一块棕色毛发。它正坐在一辆两轮木质手推车上，用前腿推着小车向前走。

“这是道格拉斯。我的得力助手。不对，是助‘狗’。”

“下午好，道格拉斯。”尤妮斯一本正经地同它问好，“你应该姓巴德吧。”

邦勃乐得敲桌子。

“我一见你就知道，准是你了。你喜欢喝哪种茶？”

两人喝着茶，吃着饼干。道格拉斯也用小碟喝了点茶。尤妮斯了解到，邦勃以前出过车祸，后来偶然发现了被遗弃的道格拉斯。宠物医生建议将它安乐死，但是邦勃把它带回了家。

“我自己改装了一辆旧车，虽然是辆奔驰，不过开起来就跟莫里斯 1000 旅行者差不多。好在运转正常。”

两人协定尤妮斯从下周开始上班，薪资并不像招聘启事写的那样，已然足够丰厚。她的职责包括一切可能的事务。尤妮斯欣喜若狂，但正当她收拾东西准备离开时，办公室的门突然开了，幻想中的女老板大步流星地走了进来。她算不上优雅，鼻梁高挺，手叉腰，膝盖突出，皮肉无法掩盖那尖锐的骨骼。她的面容经过岁月的洗礼，只剩下挥散不去的一脸戾气。

“你这小东西还活蹦乱跳的。”她拿着烟指着道格拉斯，一把将背包扔到椅子上，看到尤妮斯时，脸上掠过一丝扭曲的笑容。

“老天爷！别告诉我你找了个小蜜！”

那两个字就像是她嘴里吐出来的葡萄皮。

邦勃不耐烦地解释道：

“这是尤妮斯，我的新助手。尤妮斯，这是我姐姐，波西娅。”

波西娅那双灰色的眼睛冷冷地上下打量着尤妮斯，并未主动握手。

“我应该说很高兴见到你，但这样说，其实是在撒谎。”

“彼此彼此。”尤妮斯声音细弱蚊蝇。不过波西娅已经把注意力转向了邦勃。尤妮斯清楚地看到道格拉斯摇了摇尾巴。离开邦勃和他讨人嫌的姐姐后，尤妮斯跑下楼迎接午后明亮的阳光。关门时她听到波西娅换上了花言巧语的口吻，但仍刺耳难听，她说：

“好了，亲爱的，你打算什么时候出版我的书？”

她站在大罗素街角，想起之前见到的那个男子，但愿他等的人没有迟到太久。就在这时，脚边的尘土里，一个什么东西发出金色的光来，吸引了她的注意。她弯下腰，捡起那个小小的、圆圆的物件，放进了口袋。

# 4

梦境总是如此相似。他一刻不停地低头搜寻着人行道和下水道，累得脊背酸痛，眼泪直流，坚定而痛苦。最后，躺倒在潮湿而变形的床上。他总是做相同的梦，不停地寻觅，却一直找不到那件能让他心安的物品。

屋里充满了深幽、柔和的夏夜气息。安东尼伸了伸疲惫的双腿坐了起来，想要摆脱那个梦境。他必须起床，因为今晚没法再次入眠。他下楼去，木质楼梯咯吱咯吱直响，他那脆弱的筋骨也咯吱咯吱响。到了厨房，打开灯，沏了一壶茶——他觉得沏茶比喝茶更舒心，接着又端着茶来到书房。惨白的月光洒落在架子边缘，洒满红木桌面，在架子一角的顶端，那个金色的饼干盒朝他忽闪着亮光。他取下盒子，放在桌上，任月光将其包围。他捡到的所有物品中，这一件最让他劳心费神。

因为这不是一样东西，而是一个人，他毫无缘由地坚信这一点。他再一次打开盒盖，看着里面的东西，自从这个盒子上个星期来到家中，他日日如此。他给这个盒子换过很多位置，有时放在高处，有时藏在看不见的地方，他却总是忍不住拿出来看。他把手伸进盒子里，指尖轻抚着粗糙的灰色颗粒，一时间记忆涌上心头，像是扼住了他的喉咙，也像一记猛拳打在他的腹部。这一次，他手中又握住了死亡。

每每想到本应携手度过的人生，安东尼便心痛不已，于是竭力阻止自己的幻想。如果他们还在一起，如今也该做爷爷奶奶了。特蕾兹从没说过想要孩子，但是他们都默认彼此会长久相守，而现实却不尽如人意。她一直想养一只狗，安东尼却一直拖着，说小狗会破坏玫瑰花园，会在草坪上刨土，但最终敌不过特蕾兹那致命般的魅力和执拗。然而，特蕾兹却在接到小狗的前一周去世了。

此后安东尼整天徘徊于空荡荡的家中，竭力搜寻着有关特蕾兹的蛛丝马迹。她的枕头上还有一块凹陷的痕迹，梳子上还缠着橘红色的发丝，玻璃杯上还有口红印。这些细节虽微小琐碎，却无比珍贵，是生命的见证——已故之人曾存在过的痕迹。随后的几个月，他悲痛难堪，房子里来来回回游荡着特蕾兹的声音。安东尼有时走进一间屋子，感觉她好像刚刚还在似的。日子一天天过去，她的灵魂和他玩着捉迷藏的游戏。他能听到花房里传来她的歌声，花园里有她的笑声，还能感受到黑暗中她印在他唇上的吻。但渐渐地，特蕾兹不再打扰他了，他也接受了这样的生活——没有她的生活。那遗留的痕迹，也只有留香至今的玫瑰花了。

安东尼搓搓手，将指尖的灰色粉末弹落在盒子里，盖上盖子。

有一天他也会离开人世，也许这才是那盒骨灰使他心神不宁的原因——他不愿变成被人遗弃在盒子里的亡灵，他要和特蕾兹在一起。

* * *

劳拉十分清醒地躺在床上，紧闭双眼，欲眠无果。那些担心和疑虑，因白天的忙碌而暂搁一边，到了晚上又潜入脑海，拨乱了思绪。

邻居家的大门嘭的一声关上，一阵响亮的笑声打消了她最后一丝睡意，住在那里的夫妻俩整天忙前忙后，叽叽喳喳，苦的是他们这些街坊邻居。他们回到家的几分钟内，就会引起一片小动物似的骚乱，劳拉房间里的薄墙随着那肆无忌惮的鼓点和贝斯共振。

“天哪……又来了！”

劳拉猛地起身，双脚懊恼地踢着床沿，这样的情况已是这周的第三次了。她也尝试过和对方讲道理，甚至以报警威胁。最终，她还冲他们破口大骂，但内心却深感无地自容。而那对夫妻的回应也从没变过：殷切道歉，空口许诺，毫无改进，视她为空气。也许她要卸下他们的车胎，或者往其信箱里塞马粪才得以解气。想到这里，又为自己的愤怒感到好笑——她能去哪儿找马粪呢？

来到厨房，劳拉用平底锅温了牛奶，又用另一口锅去融化可可，打算做一杯热巧克力，却一个不留神搞砸了，一块盘子大小的浓浆啪的一下糊在墙上。

“该死！”

劳拉气愤地看着手中的平底锅，烧煳的牛奶嘶嘶作响，另一个锅内的可可也沸腾起来。

“该死！该死！该死！”

清理完毕，热好牛奶，劳拉坐在桌前，捧着温热的杯子。她感到云彩向她涌来，大地在她脚下移动，她知道，这是暴雨来临的征兆。此时让她苦恼的不仅是邻居，还有安东尼。过去的几周发生了某种变化，他的身体一天不如一天，年老体衰不可避免，但还有其他不可名状的转变。她感到安东尼逐渐离她远去，像一个厌倦的爱人悄悄打包着行李，准备离开。如果她失去安东尼，也就失去了帕多瓦，进而也会失去这疯狂世界中的一处避身港湾。

自从和文斯离婚后，生活中最重要的几段关系都离她而去。她放弃了大学，放弃了写作，而后嫁给文斯，本希望相夫教子，再找机会参加函授大学。然而这一切都是幻想，在她最艰难的时刻，劳拉不禁疑惑，她的人生究竟失败到了何种地步？她习惯了做一个懦弱的人，因害怕摔倒，便不敢攀登。和安东尼住在帕多瓦，便不用考虑这些事，她可以回避过去的一切阴影。帕多瓦是她身心依傍的堡垒，安东尼则是她的骑士。她用指尖轻触热巧克力冷却后在表面形成的薄膜。如果没有安东尼和帕多瓦，她会迷失自己。

# 5

安东尼搅拌着杯中的琴蕾酒，听冰块在绿色的液体中叮当作响。刚到中午，冰冷的酒精已经点燃了血液中流淌的火种，他正需要这样的激情。喝下一口后，他将酒杯放在桌上，旁边放着他从抽屉里拿出来的杂物。他正跟这些物品道别。好像回到了小时候，穿着父亲的大衣，知道它是父亲的一个缩影，但并不害怕，因为他心中已有了计划。

多年前开始收集失物时，他并没有明确的计划，只想保存别人丢失的东西，希望有朝一日这些物品能和主人重聚。很多时候，他并不知道自己捡到的是垃圾还是宝物，但在某个地方，总有一个人知道。于是他开始再次写作，以那些失物为线索编写小故事。多年来，他的抽屉里和架子上摆满了别人的生活碎片，但这些碎片却帮助他修复着伤痕累累的生活，使他的人生再次完整。这样的生活并不是完美无瑕的，尤其在那件事发生之后。生活依然满目疮痍，畸形扭曲，但生活自有它的意义，像灰色天空中的一小块蔚蓝，像他手中那个小小的蓝色物件。根据标签上的记录，他是在 12 年前于科博大街的排水沟捡到这个东西的。它是一块浅蓝色拼图，边角处有点儿白色，这只是一大幅拼图中的一小块而已。大多数人根本不会注意，就算捡到了也会把它当成垃圾扔掉。可安东尼知道，对某个人来说，失去这块拼图意味着不可思议的损失。于是他将拼图握在手中，它属于谁呢？

拼图一片，蓝色带白点。

9 月 24 日，在科博大街排水沟内捡到。

他们搞错了名字。莫德这个名字听起来就像一只谦卑的小松鼠，但名不副实，实际上，称她咄咄逼人都算是在夸她。还有格拉迪斯，名字听上去那么阳光向上，但是她却总是愁眉苦脸。这对姐妹住在科博大街上的一座平台房子里，生活并不快乐。这原是她们父母的房子，两姐妹出生后一直住在这里。莫德我行我素，十分张扬，常常大喊大叫，惹人厌烦。因为是第一个孩子，得到了父母的百般溺爱，变得任性蛮横、自私自利，一切以自己为中心。格拉迪斯是个文静的孩子，知足常乐，因为母亲同时还要应付 4 岁的姐姐没完没了的需求，所以只给了她最基本的照料。莫德 18 岁时，带了一个和她一样不讨喜的男孩子回家，家里人一起发出了略带惭愧但如释重负的叹息。当他们得知她的未婚夫要重回苏格兰做生意时，便热切地劝说两人订婚、结婚。

莫德选择了一场铺张浪费、华而不实的婚礼，事后还满腹抱怨，而全部费用由父母掏腰包。离开家乡，她去了遥远的苏格兰西部小镇受苦受难，于是科博大街上的生活便轻松起来。格拉迪斯和父母平静祥和地生活着，每周五晚餐吃炸鱼和薯条，每周日下午茶享用三文鱼三明治和奶油水果沙拉，逢周四晚上去看电影，每年夏天去弗林顿度假一周。有时格拉迪斯和朋友去跳舞。

格拉迪斯买了一只雄虎皮鹦鹉，给它起名西里尔。她一直未婚，并不是她不想结婚，只是没遇到心仪的人。她也曾遇到过真命天子，但那人的真命天女却是她的朋友。后来，格拉迪斯给自己做了一件伴娘服，以香槟和眼泪祝福这对新人。她和两人仍保持着朋友关系，并做了他们孩子的教母。

莫德和丈夫没有孩子。“巴不得呢！”每次提到这事，她父亲都会悄悄对西里尔这么说。

随着父母逐渐年老体衰，格拉迪斯开始照料他们，给他们做饭，帮他们洗澡，将两个老人照料得舒适安逸。莫德住在苏格兰，偶尔寄来无用的礼物，当父母双双去世时，她却在葬礼上表现得伤心不已。邮局储蓄账户里的钱由两姐妹平分，由于格拉迪斯在父母弥留之际照顾他们，老人将房子留给了她。但遗嘱里还有一项附加条款——如果莫德将来无家可归，可以回到科博大街的房中居住，直到情况好转。父母的本意是以防万一，但万一不是没可能。莫德的丈夫去世后，她没了家，没了钱，只剩下无言的恨。丈夫把家中全部财产拿去赌博，输了个精光，无颜面对莫德，自杀身亡。

莫德回到科博大街时，已然人老珠黄，却变得尖酸刻薄。格拉迪斯原本快乐的生活，从姐姐出现在门前问她要打车钱的那一刻起，便一去不回了。莫德丝毫不懂得感恩，只顾一个劲儿地向妹妹倒苦水。她用自己历经的苦难折磨着妹妹的鼓膜。她泡的茶像放了盐般苦涩，房间里的盆栽听了她的话像浇了醋一般蔫蔫的。只要她醒着，房间便一片混乱，她连一点儿家务活都不碰，整天只是坐着，吃软糖，玩拼图，听广播，把音量开到最大，任脂肪堆积，胃里胀气。格拉迪斯的朋友不再来家中做客，她便开始频繁外出，但是回家时，总会受到一些惩罚，比如一件珍贵的装饰品不小心被打碎，一条喜欢的裙子被熨斗烫焦。莫德还把园中的鸟儿们赶跑了，把装鸟食的容器清空，往鸟池里倒漂白剂。

格拉迪斯无法违背父母的遗愿，但和姐姐讲道理，得到的只有不屑一顾或暴跳如雷。莫德就像一条蛀虫，寄生在妹妹的家里，使她的快乐灰飞烟灭。蛀虫笃笃地蛀咬，姐姐不停地敲打，短粗的手指打在桌上，打在椅背上，打在水池边，这简直是最可怕的折磨：没完没了，日夜刺激着格拉迪斯的鼓膜。如果说麦克白杀死了睡眠，那莫德便杀死了平静。那天，她坐在餐桌前，一边敲手指，一边对着完成一半的拼图沉思。拼图的图案是康斯太布尔（英国画家）的《干草车》，共1000片，是她玩过的最大幅的拼图，将成为她的杰作。她像只青蛙一样蹲在椅子上，屁股挤在椅子边缘，椅子承受不住她的重量，吱吱作响。

格拉迪斯在她身后悄悄关上大门，沿着科博大街往前走。秋风拂面，卷起路旁的落叶，她莞尔一笑。她手插口袋，摸到一小片卡纸，边缘平滑，拿起来看，是一片天蓝带白点的拼图。

安东尼的手指摩挲着拼图的边缘，想象着它参与过谁的人生。拼图不大不小，也许它的丢失是莫大的损失，叫人泪流、愤怒、心碎。在世人眼里，这片拼图微小无用，但对安东尼而言却是无价之宝。它的遗失是安东尼每天都要面对的痛苦——无情地提醒他未兑现的诺言。那是特蕾兹对他唯一的一次要求，而他却辜负了她。于是他开始收集人们遗失的东西，那是他赎罪的唯一方式。安东尼曾因害怕无法为失物找到失主而忧心忡忡，而如今时间越来越少，他希望最后有人来继续他的使命：找个年富力强、思维活跃的人，想办法将失物物归原主。他已见了律师，对遗嘱进行了修改。此时，他伸展四肢靠在椅子上，椅背的木杆顶着他的脊柱。在高高的架子上，饼干盒闪闪发亮，反射着夕阳的余晖。他已筋疲力尽，觉得自己活了太久，但是他所做的已经足够了吗？也许该和劳拉谈谈了，告诉她自己要走了……他把拼图放在桌上，拿起酒杯，心想着要尽快告诉她，以免来不及。

# 6

## 尤妮斯

1974 年 6 月

尤妮斯把零钱罐的钥匙放回原位，合上抽屉。到今天为止，她已在邦勃这里工作了一个月，邦勃叫她买点儿冰皮面包一起庆祝。这一个月以来，尤妮斯每天早出晚归，工作与友情的陪伴让她感到浑身充满激情。短短的四周里，她渐渐了解了邦勃的性格，善良、慷慨，对工作、对道格拉斯和电影充满热情。邦勃还习惯引用最喜欢的电影台词，尤妮斯便学着和他一起。她的品位更偏向现代，但邦勃却教她欣赏了一些伊灵电影公司制作精良的电影，于是她了解了他的兴趣，一起在当地电影院看了几部新上映的电影。两人都认为《仁心与冠冕》是一部杰作，而《相见恨晚》则乏善可陈，《驱魔人》让人惊讶不已，但那旋转的脑袋让人忍俊不禁。《异教徒》看得人倒吸凉气，《九棵榆树的乐观主义者》奇妙无比，《威尼斯疑魂》颇有氛围、扣人心弦，但是主演唐纳德·萨瑟兰的裸体镜头太多了。尤妮斯甚至考虑着买件类似电影里小矮人穿的红呢子大衣，扮鬼吓人。另外还有《大逃亡》，无疑是一部完美的作品。邦勃说书籍的魅力在于它们是脑海中播放的电影。尤妮斯还发现道格拉斯喜欢上午 11 点去散步，尤其喜欢去那家卖冰皮面包的烘焙店。道格拉斯总是先吃掉带冰的那部分再吃面包。最后，她还发现波西娅生着一副蛇蝎心肠。

邦勃在厨房里沏茶，道格拉斯在他的脚旁来回磨蹭，以为有冰皮面包给它吃。尤妮斯透过窗户望向大街，生命奔流不止，但最近曾因一场意外的死亡而发生瘫痪：行人车辆因一颗心脏在其眼前停止跳动而驻足停留。据烘焙店的道尔夫人说，尤妮斯也去过那儿，但她什么也没看到。道尔夫人回忆起事发的时间和细节。作为一个普法节目的忠实观众，道尔太太自信能在事故现场做个出色的目击证人。她对面生的客人观察得相当仔细，努力记住那些眼神涣散、一撇胡子、镶着金牙、用左手挥别的人，认为对这类人的道德素质可画上一个问号。另外，穿红色鞋子、提绿色手包的女人永不可信。而那个死去的女人既没穿红色鞋子，也没挎绿色手包，而是穿着灰蓝色夏装外套，配套的鞋子和手包，她就在烘焙店外倒地身亡，背后是橱窗里精致的蛋糕和点心。事情发生在尤妮斯面试当天的中午 11 时 55 分，道尔太太对这个时间确信不疑，因为她的烤箱里还有巴思圆面包，12 点整出炉。

“面包全烤煳了！”道尔夫人对尤妮斯说，“我当时忙着打电话叫救护车，顾不上那些面包，也怪不得她，她不是故意走到这儿死掉的。救护车很快就到了，但她已经去世了。身上一个伤口都没有，我猜是突发心脏病，我老伴儿伯特说这可能是因为长时间的压力造成的，但我还是觉得她是心脏病突发或者是脑溢血。”

尤妮斯记起曾看到人群聚集，听到一声遥远的鸣笛，仅此而已。她人生最快乐的一天却成为另一个人活在世上的最后一天，她们当时只有几步的距离，却从此阴阳相隔。她一想到这些便悲从中来。

“茶来了！”

邦勃把茶托猛地放在桌上。

“我来吧。”

邦勃倒了茶，把冰皮面包分给道格拉斯。小狗安静地抓着面包吃起来。

“好了，亲爱的，跟我说说，你觉得庞蒂弗拉克特上次提供的稿子怎么样？是拿下还是放弃？”

那堆被拒的手稿上都写着邦勃的名字。那些稿子积得太快太高，还没来得及被扔进垃圾桶就轰塌了。珀西是个优秀的儿童文学作家，邦勃让尤妮斯看他最近的作品。尤妮斯若有所思地咬着冰皮面包。她不需要直接下结论，只需要把握好坦白的分寸。不管邦勃多么友好，但他毕竟是上司，而自己还是一个新手。珀西专门给小女孩写过一本书，名叫《特蕾西的快乐厨房》。

特蕾西的冒险经历包括用洗碗刷“达芙妮”洗碗，用扫帚“贝蒂”扫地，用海绵“晶晶”擦玻璃，用金属球“温蒂”擦灶台。遗憾的是，他没抓住机会让特蕾西用搋子“波西娅”疏通水池，说不定这举动还能成为某种小小的救赎。特蕾西乐在其中。尤妮斯有种可怕的想法，觉得珀西会写一个续集，叫《霍华德的快乐小屋》，里面有凿子“查理”、锯子“弗雷迪”和钻头“迪克”，全篇充斥着性别歧视的胡言乱语。

“依我看，很难找到合适的读者。”

邦勃差点儿被面包噎住，他喝了一大口茶，才恢复正常。

“现在告诉我，你的真实想法。”

尤妮斯叹了口气。

“通篇都是性别歧视。”

“没错！”邦勃说着，从尤妮斯的桌上抓起那本令人厌恶的稿子，一把扔到角落的斜坡上，任它砰的一声坠落。道格拉斯吃完了面包，来回嗅嗅，期待着友人的盘子里还剩了残渣。

“你姐姐的书是关于什么的？”

尤妮斯自从第一天就想问这个问题，但是还没等邦勃回答，楼下的门铃响了。邦勃起身去应门。

“应该是我父母来了。他们说来城里的时候会过来坐坐。”

尤妮斯很想见见这对夫妻，看看是什么样的父母养出了两个性格迥异的孩子，结果发现，父亲戈弗雷和母亲格蕾丝都很和善。邦勃完美地继承了父母的外貌特征：父亲的鹰钩鼻、厚嘴唇，母亲犀利的灰色眼眸和肤色。戈弗雷穿着明艳的肉粉色灯芯绒裤子、淡黄色马甲，打着配套的领结，戴着一顶旧了但仍然得体的巴拿马帽子。格蕾丝穿着一件漂亮的棉质连衣裙，裙身的印花很像沙发的花纹，戴着一顶草帽，帽檐上粘着几朵大黄花，一双低跟鞋，舒适精巧。她的胳膊肘上挎着一个棕色的皮质手包，又大又厚实，对付任何一个拦路抢劫的坏蛋都不在话下，格蕾丝坚信那些坏人就藏在城市里的某扇门后，伺机突袭她和戈弗雷这样的乡下人。

“你就是新来的那个姑娘吧？”格蕾丝的话音伴着门铃响起，“你好啊，亲爱的！”

“很高兴见到你们。”

尤妮斯接过对面伸来的手，温柔但有力地握住。

戈弗雷摇了摇头。

“上帝啊，你这老太婆，和现在的年轻人不是这么打招呼的！”

他双臂环抱住尤妮斯，把她从地上抱了起来，然后在她两颊上各亲了一下。尤妮斯感觉到了他没刮净的胡楂和一股古龙水味。邦勃的眼珠滴溜儿一转，笑了起来。

“老爸，你可真不害臊，逮着机会就亲女孩子。”

戈弗雷冲尤妮斯眨眨眼。

“到了我这个岁数，任何机会都不能放过，不过你可别误会啊。”

尤妮斯也冲他眨眨眼。

“没有的事。”

格蕾丝亲了亲儿子的脸颊，爱意满满，她坐下来跟他说话，并摆摆手，拒绝了茶和冰皮面包。

“我原来说好了会过问这事，但是现在不想干涉你……”

邦勃叹了口气，猜到母亲此次前来的目的。

“你姐姐不是写了一本书想让你出版嘛，我没看，没想到还能出版呢，但是她说你故意拖着，不考虑这件事。你怎么解释？”

格蕾丝严肃地说着，嘴角却掠过一丝微笑，尤妮斯兴奋好奇地看着。

邦勃穿过房间走到窗前，像个准备向陪审团讲话的被告律师。

“第一点毋庸置疑，波西娅的确写了点东西，她称之为一本书，也的确希望我出版；第二点就不对了，我无论如何也不能承认。”

邦勃的手重重地打在桌面上以示不满，接着又大笑着坐在椅子上。

“妈，你听我说，我已经看过那本书，简直糟透了。那本书别人写过，比她写得好多了。”

戈弗雷眉头紧锁，发出不悦的气声。

“你是说她抄袭别人？”

“她管这叫向原作致敬。”

戈弗雷冲妻子摇摇头。

“你确定是从医院里拿对了书稿吗？我不知道她从哪儿拿到的。”

格蕾丝为女儿发起最后一轮进攻。

“也可能是她不知道自己的故事和别人的一样吧，可能是个巧合。”

格蕾丝进攻失败。

“好一个辩驳，不过那本书名叫《查泰莱夫人的车夫》，讲的是一个叫邦妮的女人和丈夫吉福德的故事。丈夫打橄榄球时受伤瘫痪了，她后来和车夫梅伦思偷情。这个车夫虽然五大三粗，但内心柔软，是个有点儿口吃的北方人，喜欢养热带鱼。”

戈弗雷不可置信地摇摇头。

“我敢肯定这个女主角不是她自己想出来的。”

格蕾丝没理会丈夫，但也不反驳他，而是转向邦勃。

“这事明摆着，我要是你早把稿子扔进垃圾桶了。她连故事情节都懒得创作，我也不会容忍她的懒惰。她没权利要求别的。”

邦勃冲她感激地眨眨眼。

“一个男孩最好的朋友就是他的母亲。”

“如果母亲给儿子起名诺曼，那就不是这样了。”

格蕾丝站起身，挎上了手包。

“走吧，戈弗雷，该去克莱瑞芝酒店了。”

她吻别了邦勃，戈弗雷又握了握他的手。

“我们每次进城都要去那里喝茶，”她对尤妮斯说，“那里的黄瓜三明治是世界上最好吃的。”

戈弗雷拿着帽子冲尤妮斯比画着说：“还有琴蕾酒也不错。”

# 7

一滴鲜血在指尖发亮，滴落在她新买的淡柠檬色的裙子上。劳拉骂了一句，气愤地吮吸着手指，后悔没穿一条牛仔裤。她喜欢在家里摆放鲜花，但是欣赏玫瑰的美丽需要付出代价，玫瑰刺扎进了她的手指。来到厨房，她扔掉从枝干末端剪下的叶子，将两只大花瓶装满温水，一瓶放在花房，一瓶摆在客厅。她一边插花，一边想着今早和安东尼的对话，有些心烦意乱。劳拉回家前，他叫她到花房里，“过来聊聊”。她看了看表，感觉像是被叫去校长办公室一样莫名其妙，毕竟他们是很好的朋友，可为什么劳拉心里总觉得没这么简单？外面的天空依旧蔚蓝，但劳拉觉察到一场风雨就要来临。她拿起一只花瓶，深吸一口气，把它放在大厅里。

*　　　*　　　*

玫瑰园里悄无声息，空气沉闷，要下雨了。安东尼的书房里也悄无声息，但是这里充满了故事。躲在云层后面的太阳突然射出一道强光，透过窗帘，在那个饼干盒旁边拥挤的架子上投下一块血红色的光晕。

红宝石。

7 月 6 日傍晚，在圣彼得公园捡到。

莉莉娅一闻到栀子花香，便想起穿着浅蓝色夏帕瑞丽长袍的母亲。圣彼得公园内到处开着白色的花朵，芬芳凉爽，欢迎着在外备受烈日炙烤的亲友们的到来。至少这些花是伊莉莎选的。莉莉娅高兴地坐下，新鞋子有些挤脚，但是自尊心不允许她向关节炎和衰老投降。戴着一顶怪异帽子的，必是亨利的母亲了，而坐在她后面的人恐怕整场婚礼都没法好好看了。牧师的致辞让喧闹的人群安静下来，此时新娘穿着丑陋的蓬蓬裙走了进来，她紧抓着父亲的臂膀。莉莉娅的心为之一颤。

* * *

她将自己的婚纱送给伊莉莎，她很喜欢这件礼服，但新娘却反应平淡。

“老天爷！你可不能穿着一件死人的衣服结婚！”

莉莉娅不怎么喜欢伊莉莎的未婚夫亨利，她永远不信任一个和吸尘器同名的男人。第一次见面时，他低着头，油亮的鼻子冲着她，明确地暗示着 65 岁以上的女性不在他的注意范围之内。他同她讲话，带着一种训练顽皮的宠物般的耐心。其实，第一次家庭聚餐上，莉莉娅好心地做了周密的准备，却明显感觉到全家没有一个人满意，当然伊莉莎除外。在亨利眼中，她最大的优点是她的美貌和温顺。哦，他还对饭菜赞不绝口，夸赞莉莉娅做的烤鸡肉和他母亲的手艺不相上下，红酒也“着实不错”。但是莉莉娅看着他面露鄙视地在叉子和酒杯上留下了一抹痕迹。伊莉莎像个为淘气孩子辩解的母亲一样紧张地解释着他的行为。莉莉娅觉得应该在他的粗腿上狠狠扇一把。

但她并不太担心，因为她从没想过这段关系能长久。亨利对家人来说是个麻烦，但是她还应付得过来，他只是个过客，不是吗？

伊莉莎一向阳光积极，决心走出自己的一条路来。她穿着连衣裙、踩着高筒靴来到花园旁边的溪边钓蝾螈。她喜欢香蕉吞拿鱼三明治，有一次花了一整天时间倒着走路，“只想体验那是什么感觉”。但是当她的母亲——莉莉娅的女儿——去世时，对于 15 岁的伊莉莎来说，一切都变了。她的父亲后来再婚，继母是个任劳任怨的人，但是她们一直不太亲近。

莉莉娅的母亲教给她两件事：为取悦自己穿衣，为爱情而结婚。

莉莉娅的母亲学会了第一件，却没做到第二件，为此后悔终生。莉莉娅从中吸取了不少经验，钻研衣着是她一贯的嗜好，这个嗜好从未令她失望。她的婚姻也是如此。丈夫戴维原来在她父母乡下的房子里做园丁，他种的海葵如宝石般闪耀，绒球大丽花和天鹅绒玫瑰充满着夏日气息。莉莉娅讶异于这个男人，强壮有力，双手比她的大一倍，却能使如此娇嫩的花朵绽放，于是她坠入了爱河。伊莉莎一直敬爱她的外祖父，但在她很小的时候，莉莉娅就成了寡妇。

几年后，伊莉莎曾问过外祖母是怎么确定戴维就是她命中注定的人，莉莉娅告诉她，因为他爱她的全部，他们的爱情之路漫长而艰辛。起初她父亲反对他们在一起，但她意志坚定，毫不动摇。不管她脾气多暴躁，脸晒得多黑，厨艺多糟糕，戴维都爱她。他们的幸福婚姻生活持续了 45 年，如今莉莉娅依然眷念着他。

当母亲去世时，伊莉莎茫然无措，迷失了自我，像个空纸袋，随风飘荡。她就这样四处漂泊，直到有一天，空纸袋吹到一面铁丝网上，她遇见了亨利。亨利是一个对冲基金经理，大家都觉得这工作不妥。他是个“种钱”的园丁。圣诞节，亨利给伊莉莎报了蓝带白兰地烹饪课，带她去母亲的理发师那里做头发。莉莉娅等待着这一切结束。伊莉莎三月生日时，亨利给她买了昂贵的衣服，她穿着像换了个人似的；他还送了她一辆全新的双座敞篷车替代原来的 Mini，叫她心疼得不敢开出去，生怕刮花。莉莉娅仍然在等两人关系结束。六月，亨利带她去了迪拜，并求了婚。伊莉莎想要母亲的戒指作婚戒，但亨利说那钻石太老气了，于是给她买了一个新的，镶着血红色的宝石。莉莉娅总觉得那个戒指不吉利。

伊莉莎马上就来了。莉莉娅以为她们会坐在苹果树下，那里有树荫，她喜欢蜜蜂嗡嗡的声音和温暖的青草香气。伊莉莎总是在星期六下午和莉莉娅一起喝茶，吃三文鱼和黄瓜三明治、柠檬果酱馅饼。谢天谢地，金枪鱼和香蕉已经被她们渐渐遗忘了。那是个星期六的下午，伊莉莎给莉莉娅送来了结婚请柬，问她如果母亲还在世，会不会喜欢亨利，会不会同意他们结婚。

尽管伊莉莎的发型太过夸张，礼服也太过僵硬，却仍然显得格外年轻，如此渴望得到认可，如此急切地希望有人向她保证，这将是她所期待的“永远幸福”。但莉莉娅是个胆小鬼，她撒谎了。

* * *

亨利转过身，看见新娘紧张地向他走来，欣然一笑，但他的脸上没有温柔的神色。这是一个男人提新车时的微笑，而非看到挚爱的新娘时洋溢的笑脸。当她来到他的身边，父亲把她的双手放在亨利的手里，亨利看上去得意扬扬，好像批准她嫁给自己似的。牧师朗读着赞美诗，当众人唱到“伟大的救赎者，请带领我”时，莉莉娅感觉到恐惧在她体内膨胀，像平底锅里快要沸腾的酱料一般。

* * *

莉莉娅总是在周六用上好的瓷质茶器，柠檬果酱馅饼也总是摆在玻璃蛋糕架上。三明治准备好了，壶里的水开了，接着开始热锅。这是她们的小茶会，从伊莉莎的母亲去世后一直坚持着。

今天，莉莉娅准备了一份礼物。

* * *

长久的沉默是默许的，笃定的，而突然的安静是危险的，像宫缩一样，是悬而未决的，好像有根线绑着，随时会被牵动。牧师先沉默了，可怜的家伙，这是他自找的。莉莉娅小时候经历过战争，他们一家住在伦敦的一座房子里，花园里有一个安德森防空洞，但不常使用。轰炸来袭，他们就在桌子底下藏起来，她知道这很危险，但没有真正经历过就不会懂。当炸弹爆炸时，人们最担心的不是冲撞、爆炸和巨响，而是突然的安静，那安静意味着炸弹就要落到你头上了。

“如果在座的任何人有任何原因……”

牧师发射了炸弹。中间有一刻寂静，随后，莉莉娅打破了沉默。

新娘独自一人走过过道时，莉莉娅的脸上带着如释重负的笑，看上去容光焕发。

*　　　*　　　*

伊莉莎把戒指还给了他，但是上面的红宝石在婚礼当天弄丢了，大家都没找到。亨利火冒三丈。莉莉娅能想象他的脸色如同那丢失的红宝石。他们现在应该在马贝拉。伊莉莎本想去索伦托，但亨利不同意。最后，他带着母亲走了，而伊莉莎则留下来和莉莉娅一起喝茶。座位上放着她的礼物。那银色薄纸里包着的，是那件夏帕瑞丽礼服。原来，亨利从未真正爱过她。

*　　　*　　　*

“无论发生什么，我永远爱你。”

安东尼从特蕾兹的梳妆台上拿起相框，对着照片里的人说话。照片是他们订婚时拍的。外面的闪电划破了木炭色的天空，他从卧室的窗户向外望去，在玫瑰园里，第一滴饱满的雨点落在天鹅绒般的花瓣上。他从未见过特蕾兹穿婚纱，但在没有她陪伴的漫长岁月里，他常常设想他们举办婚礼时的情形。特蕾兹一定兴奋不已，她选了教堂的花和婚礼音乐。当然，还买了婚纱。请帖已经发出了。他想象自己紧张地在神坛前等待她的到来，为他美丽的新娘感到幸福、自豪。而她却像以往那样迟到了一会儿。她会穿着那件矢车菊真丝雪纺婚纱走进来。那件婚纱不同寻常，因为她是个不同寻常的女人。她说礼服和婚戒的颜色很相配。现在那件礼服被包裹在纱纸中，藏在阁楼的一个盒子里。他不忍看它，也不愿与它分离。他坐在床边，双手捂着脸。每年他们的婚礼纪念日，他都坚持去做礼拜。这一天也是特蕾兹离开的日子。即使是现在，他似乎还可以听到她说，至少他的新西服还能派上用场。

*　　*　　*

劳拉把钥匙扔到客厅的桌子上，踢掉了鞋子。公寓又热又窄，她打开小客厅的窗户，从冰箱里拿出一瓶冰镇的白葡萄酒，倒了一大杯，希望这酒能使她纷乱的心情平静下来。安东尼说了许多她不知道的事，它们像一阵狂风吹过麦田一样在她脑中嗡嗡作响，剪不断理还乱。她可以想象他多年前在那里等着，不停地看手表，在人群中寻找特蕾兹的脸，搜索着穿粉蓝色外套的人。她能感觉到随着时间一分一秒地过去，特蕾兹仍未出现，恐惧像水里晕开的墨汁一样，在安东尼的脑子里蔓延。但她永远想象不到，当他跟着呼啸的救护车，发现她倒在人行道上时，那冻结血液、扭曲内脏、窒息咽喉的痛苦有多么强烈。他记得每一个细节：戴着钴蓝色帽子的姑娘，在大罗素街角冲他微笑；上午 11 时 55 分他第一次听到警笛声；蛋糕店飘来烧焦的气味和橱窗里陈列的蛋糕、馅饼。他还记得车辆的声音、突然的安静，以及盖在她脸上的白色毯子，即使身处无尽的黑暗中，阳光依旧无情地炙烤着他。安东尼将特蕾兹去世时的细节告诉劳拉后，两人的关系更近了，但这样的关系让她既荣幸又不安。为什么现在告诉她呢？为什么过了将近 11 年，才告诉她？她确定，安东尼一定有所隐瞒，有些话刚到嘴边，就被咽回肚子里去了。

*　　*　　*

安东尼双腿摊在床上，仰面躺下，盯着天花板，回忆着与特蕾兹共度的夜晚。他转过身，两只手臂空空地环抱着，想象自己还抱着特蕾兹那洋溢着生命力的温暖身体。外面电闪雷鸣，他任由滚烫的眼泪无声地流淌。他已被充满愧疚和悲痛的生活压得喘不过气，但是他不后悔度过了没有特蕾兹相伴的一生。他想过一千次要和特蕾兹在天堂重逢，但是在她去世时放弃一切、丢掉她送给自己的礼物，该是多么不知感恩和懦弱无能。于是他想方设法继续生活和写作。失去挚爱的痛苦从未减轻，但他的生活至少有了目标，给了他向前看的希望。死亡终究会来临，但能否和特蕾兹重逢却不一定。现在，他终于鼓起希望的勇气。

那天下午他和劳拉谈过，但没有明说自己要走了。他本想和盘托出，但一看到她忧虑的脸色，那些话便吞回了肚子里。于是，他对劳拉说了特蕾兹的故事，听得她不住地落泪。安东尼从没看她哭过，更不想惹她哭，因为他不想寻求同情，或是别人的怜悯。他只是在为自己想做的事找理由罢了。但她的眼泪至少证明他选择隐瞒实情是对的。劳拉能感觉到他人的痛苦和喜悦，并给予他们慰藉。与她给人的印象相反，她不只是别人生活的旁观者，她还会参与其中。她对别人的关心是出于本能，这是她最大的天资，也是她最大的弱点；她曾深深地受到过伤害，安东尼知道她的心里留下了伤疤。虽然嘴上不提，但他了然于胸。劳拉过上了新的生活，蜕了一层皮，但心里始终有那么一处伤疤，发红发皱，一碰就疼。安东尼望着那张枕边的照片，玻璃相框光洁无痕，这都亏了劳拉悉心打理。她自豪而温柔地关心着房子里的一切，这种情感只出于纯粹的爱。安东尼看到了劳拉身上一切美好的品质，知道自己没看错人。她明白每件东西都有比金钱更大的价值，它们有故事、记忆，而最重要的是，它们在帕多瓦的生活里有着独一无二的一席之地。因为帕多瓦不仅仅是一座房子，还是个安全的疗伤地，一个能让你舔舐伤口、擦干眼泪和重建梦想的庇护所——不管要花多长时间，总能让一颗支离破碎的心变得足够坚强，可以再次面对世界。他希望她来完成他的任务，让她重获自由。因为他知道帕多瓦只是她的流放之地，虽然舒适自由，但不应是她最后的归宿。

外面，暴风雨停了，花园被冲刷得干干净净。安东尼脱下衣服，在和特蕾兹最后一次共眠的床上躺了下来。这一夜，他没再做梦，一觉睡到天亮。

# 8

## 尤妮斯

## 1975 年

邦勃紧紧抓住尤妮斯的手，看着帕姆被那怪异的家具吓得直退缩，活像那东西是用人骨做成的。帕姆转身想逃，但暴跳如雷的人皮脸抓住她，正当他准备用串肉钩扎进女孩的身体时，尤妮斯醒了。

前一天晚上，他们看了《得州电锯杀人狂》，尤妮斯被吓得心有余悸。惊醒她的不是电影情节，而是梦境成了现实。她起床后匆匆来到浴室，冲着镜子傻笑。邦勃握着她的手，虽然只是短暂的几秒，却是真正意义上的握手。

那天早上晚些时候，尤妮斯在去办公室的路上，在心里暗示自己要格外注意。

是的，邦勃是她的朋友，但也是她的老板，她还有工作要做。尤妮斯在布鲁姆斯伯里大街上的绿色大门前停顿了片刻，深吸一口气，飞奔着跑上楼梯。道格拉斯疯疯癫癫地跑来迎接她，邦勃也从茶水间里喊了一声：

“喝茶吗？”

“好的，谢谢。”

尤妮斯坐在桌前，开始认真整理信件。

“睡得好吗？”

邦勃把一杯热气腾腾的茶放在她面前，尤妮斯感到自己脸红了，顿时惊恐不已。

“以后再也不让你选电影了。”他继续说着，并未看出她的困窘，也可能是有意无视。

“我开着床头灯，一整晚没合眼，还叫道格拉斯陪着我。”

尤妮斯自觉恢复了神色，便笑起来。邦勃总有办法让她感到自在舒心。上午的时光轻松地过去了。午饭时，尤妮斯去道尔太太的店里取来三明治，两人一边吃着奶酪泡菜三明治，一边看着窗外，这时邦勃想起了一件事。

“你不是说下星期日是你的生日吗？”

尤妮斯再次感觉双颊滚烫。

“是的。”

邦勃拿一块奶酪给了脚边流着口水的道格拉斯。

“你不准备做点什么有意思的事吗？”

当初，她确实有个计划。尤妮斯和苏珊在学校里是最好的朋友，一直说要一起庆祝 21 岁生日。现在马上就到了，她们准备生日当天在布莱顿会合。尤妮斯不喜欢聚会，她的父母很乐意为这趟旅行埋单，比租一个带酒吧和打碟 DJ 的舞厅要好。但是苏珊有了男朋友，名叫大卫·卡西迪，在沃尔沃斯工作，眼下已经为苏珊准备了生日惊喜。苏珊很愧疚，但还是为新欢放弃了旧友。于是，尤妮斯的父母提出和她一起去，可她不愿退而求其次。邦勃也替她心烦意乱。

“我和你去吧！”他自告奋勇，“前提是，你不介意我这个大龄老板一路跟着。”

尤妮斯兴奋极了，但表面上竭力掩饰着。

“好的，这个我可以接受。”她咧嘴一笑，“只要你能跟上我就好！”

*　　　*　　　*

星期六早上，尤妮斯去理发店里剪了头发，又去做了美甲。下午，查看了无数次星期日的天气预报后，她用各种搭配方式试遍了衣柜里的衣服。最后选择了一条紫色高腰喇叭裤、一件印花衬衫和一顶紫色帽子，巨大而松软的帽檐和刚做的紫色指甲相映成趣。

“好看吗？”她边在客厅里跑来跑去，边问看电视的父母，时不时挡在他们和电视中间。

“好看极了，亲爱的。”母亲回答。

爸爸点头默认。这些年下来，他觉得有关时尚的话题还是留给家里的女性发表意见为妙。那天晚上，尤妮斯几乎一夜未眠。她激动万分，因为明天将是最美好的一天。

# 9

那天似乎是一个非常平常的日子，但在接下来的几个星期里，劳拉苦思冥想，在记忆中搜索着被忽视的线索和预兆。果真有什么可怕的事情会发生吗？劳拉常常后悔没信天主教，因为她最擅长忏悔了。

那天早上，安东尼像往常一样去散步，与平时唯一不同的是他没带包。这天清晨风和日丽，等他回到家，带着满面春风的喜悦，比劳拉之前看到的状态轻松多了。他没进书房，而是叫劳拉把咖啡送到花房里。劳拉过去时，发现他正和弗雷迪谈论那些玫瑰花。劳拉把杯子放在桌上，故意避开弗雷迪的视线，也许是因为他迷人的样子让劳拉无所适从。他举手投足间的从容自信、英俊的外表，让劳拉为之心动，只是他太年轻了。不过，劳拉转念一想，明明不可能的事，何必考虑得这么遥远。

“早啊，劳拉。天气真好！”

这句问候让她不得不看了他一眼，内心的困窘使她的嗓音生硬而严肃。

“是的，很好。”

她脸红了，不是双颊微红，而是满脸通红，像刚把头从烤箱里伸出来一样。她急忙返回屋里。凉爽寂静的帕多瓦让她很快恢复平静，她上楼去换阳台上的花。主卧的门敞开着，劳拉进屋查看了一番，即使关着窗户，也挡不住浓郁的玫瑰花香。楼下大厅里的钟响了 12 下，劳拉下意识地看了一眼手表，这钟走得有些快，她一直想拿去修。她的手表只停留在 11 时 54 分，看着时间，她突然想起了什么，然后拿起摆在特蕾兹梳妆台上的蓝色珐琅钟，看着秒针沿着表盘规律地转圈，等它指到 12 时，便停下了。

安东尼在花园里吃完午饭。劳拉收盘子时，看到他几乎把饭都吃光了，心里很高兴。也许困扰他几个月的事情已经解决了，或者他的身体在医生的治疗下得到了一些改善。她还禁不住猜测安东尼把特蕾兹的事与她分享在某种程度上起了作用。不管怎样，她很欣慰，如释重负。看到他气色好起来，比什么都让她开心。

劳拉整个下午都在整理安东尼的账户，他偶尔还会收到一些版税，有时会受邀为当地的书商或图书馆做些阅读活动。几个小时的文书工作后，劳拉瘫靠在椅背上，腰酸背痛，她揉揉倦眼，在心里第一百次默念着，要把这些文件拿去检测。劳拉听到安东尼走进书房关上房门的声音，他终究敌不过书房的诱惑。劳拉将文件放进面前的文件袋中，然后来到花园里，活动筋骨，晒晒太阳。正是黄昏时分，阳光仍旧炙热，蜜蜂在金银花丛中飞舞。玫瑰花娇艳靓丽，婀娜多姿，大小各异，浓淡相宜，俨然一片多彩飘香的海洋。草坪翠绿欲滴，花园深处的果树和灌木枝繁叶茂，昭示着盛夏的旺盛生命力。弗雷迪果然是园丁里的专家。劳拉刚到这里工作时，园中只有玫瑰那一块地享受着精心的呵护。草坪深一块浅一块，杂草丛生，大树也肆无忌惮地疯长，细长的树枝不堪果实的重负。但弗雷迪来到帕多瓦的两年里，竟让花园起死回生。

劳拉在温暖的草地上抱膝而坐，每天工作结束离开帕多瓦时，她总是依依不舍。而今天这样的日子，更叫人不忍离去。比起这里，她的公寓相形见绌。在帕多瓦，就算是一个人，她也从不感到孤单，而公寓里的孤独却无处不在。自从和文斯离婚后，她再也没有和别人建立真正的关系，倒不是说对这段婚姻有多么放不下，只是当下无法投入到下一段关系中。这本是个笑话，不好笑的笑话，但是谁也没逼她嫁给文斯。实际上，她的父母曾竭力劝阻这门婚事，母亲在她的婚礼上目送她走下红毯，脸上挂着的悲伤清晰可见。父亲更是无法隐藏自己的心痛，好在大家把他的眼泪当作幸福和自豪的表现。

那晚，劳拉把晚餐拿到电视机前吃起来，其实她并不太饿，注意力也不在闪烁的屏幕上。关掉电视，晚餐放在一边，她打开房门，站在狭窄的阳台上，抬头望着墨色的夜空。不知道此时此刻，世界上有多少人也正凝望着它。这样的猜测让她顿觉渺小而孤单。

*　　*　　*

夏夜的天空像一幅水墨画卷，繁星点点，外面依旧温暖，安东尼沿着小路来到玫瑰园，和特蕾兹刚搬进这座房子时，他便为她种下了这片玫瑰。多年来曾得到过未婚妻悉心照料的玫瑰依然盛放，香气四溢，沁人心脾。安东尼往邮筒走去，他的脚步声轻柔地在乡下的空旷街道上回响着。他寄出的信里承载着他的故事结局，他的律师会在合适的时间把信交给劳拉。现在，安东尼已做好了离开的准备。

搬到这座房子的那天是个星期三，是特蕾兹找到这里的。

“太完美了！”她说。

这里的确完美，两人相识不过短短数月，他们并不需要时间的见证，便已对彼此死心塌地。他们一见钟情、情深意浓，如那无边的天空一样绵绵无尽。起初安东尼有些畏惧，或者说是害怕失去，这种感觉太过强烈，怕是难以长存。但特蕾兹信念坚定。他们找到了彼此，命中注定般，神圣而不可分割。特蕾兹的名字来源于一首叫《圣特蕾兹的玫瑰》的歌曲，于是安东尼种下了一片玫瑰，作为送给未婚妻的礼物。整个十月，他在威灵顿刨坑挖土，特蕾兹为他端茶送水，亲密有加。十一月，一个阴冷潮湿、雾霭蒙蒙的清晨，玫瑰花送到了。他们花了一整天在草坪中规划花园、栽种玫瑰，到最后，鼻尖、手指、脚尖冻得都快结冰了。原本一片萧瑟的十一月，经特蕾兹念出每朵玫瑰的名字后，变得多彩斑斓。粉色的“艾伯丁”越过拱廊，芬芳四溢，血红色的“天鹅绒”，纯白色的“玛西亚斯坦霍普”，紫铜色的“炫彩”，银粉色的“亨利摩尔斯夫人”，深红色的“星辰玫瑰”，淡黄色花瓣边缘染着一抹紫色的“梅勒妮”，朱红与金色相间的“亚历山大女王”；还有草坪四角种下的滴水玫瑰“阿尔伯里克巴比埃”“海华沙”“欢乐淑女”和“黄金浴”——忙完这一切，两人并肩站在冬日阴沉的黄昏下，她轻轻吻了他的唇，把一件小小的圆形东西放在他冻伤的手中。那是一个奖章形状的镀金玻璃相框，里面嵌着一张《圣特蕾兹的玫瑰》照片。

“这是我的第一个圣餐礼，”她说，“送给你。谢谢你为我开辟了一片美丽的花园，也时刻提醒着你，无论发生什么，我永远爱你。你得答应我，要好好地保存着。”

安东尼笑了。“我答应你。”他庄严地宣誓着。

这样一个美妙的夏夜，当安东尼独自站在玫瑰丛中，早已老泪纵横。他想起了她的那一吻、她说过的话和手中曾紧握的相框，孤独与失落如寒风侵入骨髓。

他把相片弄丢了。

在大罗素街角等特蕾兹的时候，那相框还在他的口袋里。但是特蕾兹一直没有露面，等到那天晚上安东尼回到家，他既丢掉了照片，也失去了未婚妻。他返回大罗素街寻找，路边、下水道都找遍了，却无功而返。他感觉自己失去了她两次。即使她不在身边时，也该有一条隐形的线连接着彼此，但自此那根线断了，他对她的承诺也跟着破碎了。于是他开始收集、保存别人的失物，以求有朝一日，其中一件物品或许能修复一颗受伤的心，救赎一个心碎的人。但是他所做的已然足够了吗？

草地仍然温暖，发出干草的气味，安东尼躺下，伸展他日渐衰弱无力的四肢，准备结束一切。阵阵玫瑰芳香飘来，他看着广袤无垠的天空，凝视着一颗颗星星。

# 10

她以为他睡着了，她很清楚这样的告别方式实在令人无法接受，却也别无他法。

劳拉一早来到帕多瓦，却发现房内空无一人，以为安东尼去散步了。可一阵不安的悸动忽然涌上心头，她去厨房煮了咖啡，尽力不让自己胡思乱想。但那阵悸动越发强烈、频繁。花房面向院子的门还开着，于是她走了出去，感觉脚下的土地像石板一样坚硬。安东尼四肢伸展，躺在露水浸润的玫瑰丛中。从远处看去，他好像睡着了，但走近一看，他的脸上毫无睡眠时的安逸。那双蓝色的眼睛还未合上，眼眶浑浊不清，嘴巴微张，双唇干裂发紫，已没有呼吸。她怯怯地用指尖摩挲着他的脸颊，身体已然冰冷。安东尼离开了，只留下了一副躯壳。

她独自待在房中，医生和葬礼负责人来过，又走了。他们匆匆地谈论着葬礼的各项事宜，得体而高效。毕竟，那是他们的工作。劳拉坐在厨房的桌前，看着面前的咖啡逐渐变冷，脸色被愤怒的泪水憋得通红。这天早上，她的世界如风中飘浮的羽毛一般，一吹便飞散如烟。安东尼和帕多瓦已经成了她生命的一部分，以后将何去何从，她无从知晓，刹那间，她全然迷失了自己。

大厅里的钟响了六次，劳拉仍然不忍离去，她突然觉得这里就是自己的家了。那幢公寓只是这之外的一个容身之所，眼泪再次顺着脸颊滚落。她得做点什么，出去走走，转移注意力，就算是一小会儿也好。她还要工作，这里的一切还要她来照料，只要没人来阻止，她都会继续照看这座房子。她开始在房子里巡游，先到楼上检查一切是否安排妥当。来到主卧室，她把床单铺平，把枕头拍松，感觉这张床似乎有人睡过，但马上又打消了这个念头。玫瑰的芬芳飘入室内，而安东尼和特蕾兹的合照却面朝下放在地板上。她捡起相框，把它放在梳妆台上。那只蓝色的小钟像往常一样停在了 11 时 55 分，她转动发条，使它恢复正常，像心跳般嘀嗒嘀嗒走着。她从飘窗边经过，未曾向外面的花园看过一眼。来到安东尼的房间，她有种怪异的感觉，这在安东尼生前从未有过。这间屋子太过私密，她倒像是个不速之客。他的枕头上还残留着经常使用的香皂味。她排除了“不速之客”的杂念，心想着下一个到来的亲戚会是谁。到了楼下，她关好花房的窗户，锁好房门。特蕾兹的照片平放在桌上，劳拉拿起它，凝视着这个安东尼为之生又为之死的女子。

“希望上帝保佑你们重逢。”她轻声说着，把照片放到往常的位置，心里疑惑，不知刚刚那算不算一个祷告。

来到大厅，她站在书房门前，手停在门把手上方，心里七上八下，好像一碰就会烫着似的，最后还是收了回来。她多想进去看看门里面藏着的秘密，但这书房是安东尼的私人王国，也是她从未被邀请参观的地方。她还不能决定，安东尼的离去是否可以将这一切改变。

她犹豫不定，从厨房门走进了花园。夏末的玫瑰花瓣开始凋落，像破旧的舞裙沿着边线裂开，草坪焕然一新，完全没有尸体压过的痕迹。哎，她原本期盼的是什么呢？一定不是今天的结果。她站在草坪中央，阳光温暖，空气中飘来阵阵玫瑰香，她释然了，感觉到了莫名的安心。

返回房内的路上，一扇玻璃窗反射着夕阳的余晖，吸引了她的目光，那是书房的窗户，忘记关了。她无法视而不见，那样的话会留下安全隐患。这下她必须进到书房里，可她不知道安东尼把房门钥匙放在哪儿了。正当她努力思考着，她的手指已然握住了冰冷的木质把手，一转，门把手就动了，整个书房都展现在她的眼前。

# 11

架子、抽屉、架子、抽屉，三面墙上都是架子和抽屉。法式窗户的纱帘笼罩在夜色下，随着窗框裂缝漏进来的微风摆动着。虽然光线很暗，劳拉却清楚地看到每个货架都塞满了，不用看她也知道，抽屉里更是装满了杂物。这是安东尼毕生的事业。她满目惊奇地绕着房间观察那些物品，这就是安东尼的秘密王国，各种被遗失的物件收藏其中，上面贴着标签，被精心地保存着。劳拉看得出来，这些物品已经超出了它们本身的意义，不是随随便便放在架子上的装饰品。它们承载着重大的意义，所以安东尼每天才会花大把的时间待在这屋子里。她不知道安东尼为何这样做，但她明白，安东尼一定有着自己的原因，就算为了他，劳拉也必须想方设法呵护这些失物。于是她打开了最近处的一个抽屉，拿起第一眼看到的物件。那是个深蓝色的大扣子，应该是从一位女士衣服上掉下来的，上面的标签写着捡到它的时间和地点。记忆涌上心头，一切谜团渐渐明朗起来，一个个线索像触角般想要连接起来，虽然她还无法把一切厘清，但是这种感觉很强烈。

劳拉伸手扶住一把椅子的椅背，让自己站稳，虽然开着窗，房间还是憋闷不堪，空气里充满神秘的厚重感。安东尼笔下的故事就是关于这些物件的吗？她一字一句地输入过，所以清楚地记得有一篇是关于蓝扣子的。但这些东西都来自何方呢？劳拉轻抚着一只小小的泰迪熊，它孤苦伶仃地靠在一个饼干盒的旁边。这究竟是一个收藏失物的博物馆，还是安东尼小说创作的道具馆？也许两者都是。她又拿起泰迪熊旁边一个串着两颗圆珠的头绳，这头绳即使是新买的，也才值几便士，更何况其中一个圆珠已经破裂不堪，却还是被精心地保存着，和房内其他物品一样贴着标签。想起 11 年前，用类似的头绳扎着马尾辫的自己，劳拉不禁笑了起来。

黄绿色的塑料花瓣形头绳。

9 月 2 日，在德瑞伍德公园广场上捡到。

暑假的最后一天，黛西的妈妈答应带她去野餐。明天，黛西就要去很大的新学校上学了。她今年 11 岁了，在以前的学校时，学习生活并不理想，至少她过得不开心。她很漂亮，留着一头黑长发，不戴眼镜，不戴牙套，也很聪明，却免不了招来别人的关注和嫉妒。她和其他孩子看待世界的眼光有所不同，倒也不是完全反着来，就偏差那么一丁点儿，那是她的小秘密。但是同学贝利·艾席琳·约翰逊和她的小帮派很快就嗅到了黛西与众不同的气质。她们扯她的辫子，往她的午饭里吐口水，往她的书包里尿尿，撕坏她的夹克衫。让她苦恼的不是她们的所作所为，而是自己的懦弱、胆怯、可怜、无用。母亲发现时，大发雷霆。黛西已经尽力保密，但她开始尿失禁，不得不和盘托出。但这只能证明她是多么的可悲——11岁的女孩竟然尿床。她妈妈直接找到校长，把对方吓了个半死。之后，学校做了处理，但诚意不大，黛西便剪短头发，咬紧牙关盼着学期末的到来。她用厨房的剪刀一把剪下了自己的辫子，妈妈发现时，她已泪流满面。但暑假过后，头发又长长了，不及原来的长度，只能扎起马尾来。今天她用新的串珠头绳扎起了马尾辫，串珠是浅绿色的花形珠子。“花头绳配花一样的小姑娘！”妈妈一边说着，一边坐下来看着镜子里的女儿，心里却像打翻了五味瓶般，如果明天同学们见到了女儿，不喜欢她，该怎么办？

安妮心满意足地拉上背包拉链，里面装满了野餐时女儿最爱吃的食物，有奶酪菠萝三明治、薯片、奶油甜甜圈、日式米饼和姜酒。她还能感受到体内郁积着的怒火，想到那个愚蠢的校长，怒火烧得更旺了，她连几只睡着的小猫都管不好，更别提学校里娇生惯养的学生了，那些孩子甚至觉得整个世界都欠他们一间经济适用房、一个婴儿和最新款的耐克球鞋。黛西的爸爸离开后，安妮独自一人含辛茹苦地把黛西抚养长大。她同时做两份工作，居住的公寓虽不在最好的地段，但也干净舒适，是她们的家。黛西也很乖巧听话。但是有好就有坏，安妮教给黛西的本领远远不够她在险象丛生的学校里应对自如。得体、礼貌、善良、努力，在这里最多只能算得上怪异，但放在黛西身上，这些便成了懦弱、错误，而且她为此受到了严酷的惩罚，所以安妮还有一件事要教给女儿。

她们来到公园时，阳光正烈，草坪上有很多少妇带着推车、小孩、苹果酒和万宝路香烟。黛西的妈妈拉着她的手，径直穿过草坪，向着公园后面的森林走去。黛西不知道那是什么地方，但是感觉到妈妈是有意要到那儿去的。树林里别有洞天，清爽、安静、空旷，还有小鸟和松鼠。

“以前，我和你爸爸来过这里。”

黛西抬起头来，天真地看着妈妈。

“怎么了？”

妈妈一边回忆着，一边笑起来。她把背包放在地上，抬头望向天空。

“就是这里了。”她说。

20 分钟后，她坐在遮阳棚下，低头看着背包。

当妈妈说要一起爬树时，黛西以为她一定在开玩笑。可妈妈的表情很严肃，黛西便害怕了。

“我不会。”她说。

“是不会，还是不想？”

黛西眼里噙满泪水，但是妈妈心意已决。

“你不试试，就不知道自己行不行。”

接下来是长久的沉默。最后，妈妈开口了：

“黛西，在这个世界上，我们是很渺小的，不可能事事顺心，也不能永远快乐。但是我们可以永远地尝试下去。什么时候都会有贝利·约翰逊这样的败类。”黛西的脸上掠过一丝微笑，“这一点你无法改变，但是你可以改变自己。”

黛西不敢相信。

“怎么改变呢？”

“从和我一起爬树开始吧。”

那是黛西经历过的最可怕的事。但在她们爬上树顶的时候，黛西的恐惧像风中的羽毛般飘飞不见了。在树下时，她那么渺小，大树那么高大；到了顶端，大树还是那么高大，但渺小的她已经爬上了它的最高点。

这一天是那个暑假里最完美的一天。等她们穿过草坪往家走时，公园已经没什么人了，一名男子正操作着割草机，修剪草坪。那晚，衣柜门上挂着新学校的校服，黛西准备睡觉时，突然发现有一个头绳不见了，一定是落在回家的路上了。但是镜子里的自己，已经和过去不同，她既开心又兴奋。这一天，黛西学会了如何征服巨人般的大树；而明天，她将要面对的是一所大大的学校。

劳拉把头绳放回架子上，走出书房，关好房门。她在门厅的镜中瞥到了自己的样子，那张脸属于遇见安东尼和帕多瓦之前的劳拉，空洞而颓废。钟响了九下，该走了，她从大厅桌上的梅林碗里拿钥匙，发现在她的家门钥匙和车钥匙下面，有一把大大的室内门钥匙，一瞬间，劳拉恍然大悟，镜子里的那张脸逐渐挂上了笑靥，原来安东尼还为她留着秘密王国的入口。今天她得到了这座王国，明天她就要揭开王国里的秘密了。

# 12

## 尤妮斯

1976 年

波西娅趾高气扬地走过尤妮斯的书桌前，往放着曲别针的罐里弹了弹烟灰。尤妮斯刚才带着道格拉斯去马路对面道尔太太的店里买了些甜甜圈，而邦勃正送一个客户离开。波西娅打了个哈欠，贪婪地吸了一口香烟，她又累又烦，烂醉如泥：昨晚喝了太多伏特加橙汁鸡尾酒，听了太多特里克西和迈尔斯的音乐，或许算作今天早晨更准确一些，玩到凌晨 3 点多才回家。此时，她像只螳螂般踉踉跄跄，被一摞文件绊了一跤，随手捡起最上面的一份手稿。

“《失物招领——安东尼·佩尔杜短篇小说集》。”她用抑扬顿挫的声调嘲弄地大声念道，翻过标题页后，装订绳断了，书页都散了。

“哎哟！”她冷笑一声，一把把稿子扔到房间的另一边，然后打开一瓶咖啡喝了起来，眼睛还忍不住瞥了一眼稿子的第一页。

“上帝！都是些什么废话！谁愿意看一颗蓝扣子的故事。他竟然宁愿出版这种书，也不出版我这个亲姐姐的书！”

她厌恶地把手稿扔回桌上，结果用力过猛，把水杯都打翻了，半杯咖啡浸污了纸张。

“垃圾废物！”

波西娅咒骂着，听到邦勃进门的声音，匆忙把稿子藏在那摞文件下面，正好躲过了邦勃的眼睛。

“杯子打翻了吧，姐们儿。小心弄脏衣服，要不要给你一把伞撑着？”

波西娅四处张望，好像在找一只惹人厌的苍蝇，接着像演说家一样宣布：

“首先，不许叫我‘姐们儿’；第二，我从来不用雨伞，下雨我就打车；第三，你是不是想赶我走？”

“没错。”尤妮斯边说边返回楼上，手里拿着雨衣和甜甜圈，还抱着淋湿了的道格拉斯。她把道格拉斯放在地上，甜甜圈放在邦勃的桌上，然后挂好滴水的雨衣。

“我觉得我们需要一艘大一点儿的船。”她咕哝着，脑袋朝波西娅微微倾斜着。邦勃刚要忍住的笑意又回到了脸上。尤妮斯看到他前仰后合，发出类似电影《大白鲨》里配音的声响。

“你这个傻姑娘吃错药了吗？”波西娅问道。

“只是感叹一下恶劣的天气。”尤妮斯开心地回答。

波西娅不相信，但是看到道格拉斯离她越来越近，准备把浑身的雨水甩向她的时候，她已顾不得其他了。

“让这条蠢狗离我远点！”她边说边往后退，碰到了尤妮斯的桌子，桌上的笔、罐、曲别针哗啦啦全掉落在地。尤妮斯把道格拉斯带到厨房，用一个甜甜圈安慰它受伤的心，但是波西娅的粗鲁已然打破了邦勃遏制已久的镇静。

他瞬间拉下脸来，像暴风雨过后的滑坡一样，紧接着电闪雷鸣——他拉着波西娅的胳膊，把她从尤妮斯的桌上拽了起来。

“清理干净。”他命令道，手指着她制造的一团混乱。

“别犯傻了，亲爱的。”她说着，捡起她的背包，翻找着口红，想要补个妆，以掩饰自己的惊讶和困窘，“这种事叫别人干就行。”

“可现在这里没有别人，对不对？”邦勃懊恼地说。

“是没有，但是有你在啊。你行行好，帮我叫辆出租车吧。”

她红着脸把口红放回包里，踩着高跟鞋吧嗒吧嗒下了楼，等待着弟弟预约的出租车。打电话约车的时候，邦勃再次为自己早已失去的那个姐姐感到伤心。以前她坐在他自行车的横杆上，在他钓鱼的时候拿走鱼饵；而他则吃掉了姐姐新种的菜苗，教她吹口哨，推着她荡秋千。但这样的姐弟情只存在于遥远的过去，如今的波西娅只剩下狠毒的心。楼下传来出租车关门的声音，她就这样离开了。

“可以出来了吗？”尤妮斯从厨房门缝里探出头来。

邦勃看了她一眼，抱歉地笑了笑。

“真对不起。”他边说，边指着尤妮斯桌子周围满地的杂物。

尤妮斯也笑了笑。

“不是你的错，老大。再说了，也没伤着什么。”

他们把东西从地上捡起来，一一归位。

“我刚才嘴太快了。”尤妮斯说着，拿起桌上的相框。那是一张照片，上面一个女子捧着花，而金色相框内的玻璃碎了。当初面试结束后，她在回家的路上捡到了它，就一直保存到现在，上班后她把它摆在桌上——那是她的幸运物。邦勃看了看破损的相框。

“我这就拿去修好。”他一边说，一边小心翼翼地把它放在一个信封里，不多言一句，迅速跑下楼去。尤妮斯把地上的东西都捡了起来，清理了烟灰。水壶烧开时，邦勃正好回来，他全身湿淋淋的，又恢复了一贯爽朗的笑声和幽默感。

“大罗素街上的修表工跟我保证了，最晚明天下午换好玻璃。”

他们坐下来，享用迟来的下午茶和甜甜圈。道格拉斯确认波西娅已经离开后，便跑回了房间。

“她之前不这样的，你知道吧。”邦勃一边搅拌着茶水，一边若有所思地说，“我知道这话很难相信，但她曾是个很贴心的女生，也是个很有趣的姐姐。”

“真的吗？”尤妮斯有些怀疑，“发生过什么事吗？”

“姑姥格特鲁德的信托基金。”

尤妮斯好奇地睁大了双眼。

“她是我母亲的姑妈，钱多、脾气暴，就爱胡吃海塞，没结过婚，但一直想要个女儿。可我妈不符合她理想中的女儿形象，因为我妈对洋娃娃和淑女裙都不感兴趣，小马驹或者火车玩具更可能虏获她的心。不过嘛……”邦勃咬了一口甜甜圈，果酱粘到了下巴上，“波西娅就不同了。我妈想干涉这件事，她藏了几件贵重的礼物，和姑姥示威抗议。不过随着波西娅慢慢长大，我妈的影响力越来越弱了。后来，她说我妈在中间瞎搅和，气不过，等姑姥去世后就开始报复。最后，她得到了姑姥的一大笔遗产。当然，波西娅得等到 21 岁才能动用那笔财产，但这不重要，只要钱是她的就好。后来她就不再努力为生活打拼，只等着优越的生活降临在她头上。你看，姑姥的遗产就像被玷污的皇冠，是最糟糕的礼物。它让波西娅变得富有，但也夺走了她努力生活的动力。”

“谢天谢地，还好我没那么有钱！”尤妮斯开玩笑地说，“不过她到底多有钱？”

“一辈子也花不完。”

尤妮斯把茶具收走，回去继续工作。

邦勃显然还在为波西娅发脾气的事情苦恼。

“希望你不会后悔来到这里工作。”

尤妮斯笑了起来。

“我绝对是疯了，才会待在这种地方！”她竭力模仿着杰克·尼克尔森的声音说道。

邦勃如释重负地笑着，从桌旁的地上捡起一摞纸，揉成一团。尤妮斯跳了起来，手臂伸向空中。

“来打我吧，首长！我学会那些招数了！”

他们那一周第三次去看了《飞越疯人院》。两人无论工作时还是下班后，每天都有大把的时间一起度过，邦勃已经无法想象没有尤妮斯的生活会是什么样。电影的结局让人难以忘怀，两人都流下了眼泪。尤妮斯几乎都会背台词了。

“所以你不会提出辞职，留我一个人对付我姐姐？”

当尤妮斯用电影结局的台词回答他时，邦勃险些又流下眼泪来。

“我不会丢下你不管的，麦克，我不会这样把你丢下的，我会带你一起走的。”

然后，她眨了眨眼。

“好了，现在来聊聊我加薪的事吧……”

## 13

女孩子看着小小的红色圆壳迈着四条黑腿，在她的手背上移动，一直溜到小指缝。

七星瓢虫飞离了窝

你的房子着火了，你的孩子离开了

只剩一个，她叫安妮

可惜她死了

那只七星瓢虫张开了翅膀。

“这不是真的。”女孩缓缓地说，像是在背诵一首记不太熟的诗歌，“只不过是一首编出来的歌。”

那只瓢虫还是飞走了。九月的气温很高，女孩坐在帕多瓦对面的木椅上晃动着双腿。她看到几辆黑色轿车停在房前，打头的一辆，车窗很大，里面有一口棺材，棺盖上放着鲜花，一个满面悲痛的女子和一个老爷爷（并不是先前住在这里的老爷爷）从房里走出来。

女孩不知道那老人是谁，不过她曾多次见过那位女士。那个戴着黑色高帽的男子将他们引入第二辆车，再回到灵车前面继续走。他拄着拐杖，但是不瘸不拐，只是走得很慢，也许是腿脚不方便。她不知道躺在棺材里的是谁，她思考得很慢，感觉却很灵敏。别人稍微眨一下眼，她就能分辨出那人是愉快还是悲伤，是气愤还是激动。此外，她还能感受到一些其他难以解释的东西，不过分辨出来需要花点时间。得在脑海里捋顺思绪，还要找准思考的角度，大脑才能正常地运转。最后，她想明白了，一定是原先住在这房子里的老人去世了，那女子才会这么伤心。因为他生前对她很好，要知道，对她好的人可不多。过了很久，那位伤心的女士独自回来了。女孩子挠了挠被瓢虫搔痒的手背。老人已经去世了，现在那位女士需要新的朋友。

*　　　*　　　*

劳拉关上前门，脱掉高跟鞋。客厅的瓷砖冰凉凉的，缓解了她双脚的酸痛感，房间里静谧的气氛再一次包裹了她。她走到厨房，从冰箱里取出一瓶酒倒了一杯，现在这冰箱是她的冰箱，厨房是她的厨房，房子也是她的房子了，但她仍然有点不敢相信。

安东尼去世后的第二天，劳拉给他的律师打了个电话，想问问他是否知道有什么可以联系的亲友。律师好像特意等着她打电话过去似的，安东尼让他在自己去世后告诉劳拉，她就是安东尼唯一的继承人，他的一切财产归她所有。安东尼写了一份遗嘱，还有一封给劳拉的信，里面的细节要等葬礼过后再公布。但是安东尼最大的愿望是让劳拉安心，帕多瓦仍然是她的家。他的善心，使劳拉更加难以忍受失去他的痛苦。她已无法继续讲电话，因为想说的话早已被泪水扼在喉咙。现在她感受到的不再只有悲痛，还有内心的愧疚终于冰释的轻松。

她拿着酒杯来到书房，坐在桌前，被安东尼的宝藏围绕着，她有种莫名的慰藉。现在，劳拉成了这些失物的守护者，她的生活有了目标，即使此时此刻她还不清楚那究竟是什么。也许安东尼的信会解释清楚，这样她就能想办法回报他的善意。来参加葬礼的人多得出乎意料，劳拉本以为算上自己和安东尼的律师，一只手就能把人数数过来，没想到教堂几乎坐满了人。有出版社的人，也有点头之交，似乎他已进入了大家的生活，留下了不可磨灭的印记。

当然了，有的人是来凑热闹的，还有居民协会、妇女协会、业余戏剧协会的成员，也有德高望重的人士，比如玛乔丽·维斯盖洛普和她的副手维尼·克里普。他们真诚地悼念，带着训练有素的笑容、献上僵硬的拥抱，在劳拉身上留下一股宠物狗和发胶的气味，劳拉只好匆匆离开了教堂。

第一次进入书房时，劳拉从抽屉里拿出了一个蓝色的大纽扣，现在那扣子正和它的标签一起放在桌上。

蓝色的大纽扣，是从一位女士的外套上掉下来的吗？

11 月 11 日，在格雷登大街人行道上捡到。

玛格丽特穿着一条新短裤。“红丝绸搭配奢华的白色蕾丝”——销售员这样介绍这件衣服，想必是在怀疑玛格丽特的购买能力。这和她平时穿的马莎牌衣服根本不是一个档次。楼下，丈夫正急切地等着她。他们结婚 26 年来，丈夫每天都会尽最大努力以拳头和双脚向妻子证明他的爱。他的爱是玛格丽特身上青一块紫一块的伤痕，是骨折的声音，是血的味道。当然，这件事谁也不知道。他做经理助理的银行无人知晓，做财务的高尔夫俱乐部无人知晓，做礼拜的教堂更毫不知情。他们婚后的第一年，他还成了那座教堂浸信会的忠实信徒。把玛格丽特打得遍体鳞伤似乎是上帝的旨意。除了他、上帝和玛格丽特，谁也不知道这件事。人们尊敬他，像欣赏一件熨烫平整的西装一样，他穿着体面的制服，蒙骗外界。但他回到家，脱下制服，换上便衣，便原形毕露了。他们没有孩子，这或许是最好的结果。玛格丽特为什么不离开他？首先，因为爱。她真的很爱她的丈夫。其次，因为恐惧、懦弱、悲哀？三者都有。她的身心遭受着上帝和戈登的折磨。

“他妈的，我的晚饭呢！”客厅里爆发出一句怒吼。她能想象丈夫那满脸横肉、表情夸张的样子，圆滚滚的啤酒肚快要撑破腰带，边喝茶边看橄榄球赛。茶是玛格丽特沏好的，加了牛奶和两块糖，还有六粒曲马朵药片，不会置他于死地，但也够他遭罪的了。天知道，她真的受够了。上次她“不小心”被绊倒摔断手肘时，急诊室那位好心的医生给了她整整一盒药片。她确实有过可怕的念头，毕竟过失杀人并不需要负太大的责任，是笔稳赚的交易。但是玛格丽特想让丈夫知道他对她的伤害有多深。她的左眼已经肿得快睁不开了，那块青紫色就像丈夫准备随晚餐一起喝下的瓦尔波利塞拉葡萄酒。她的手指碰到短裤的一瞬间颤抖了一下，但她马上感觉到柔软的丝绸摩擦着皮肤的舒适，然后笑了。楼下的戈登此刻已经感到很不舒服，这么多年来，玛格丽特第一次直视着他的眼睛，说：

“我要离开你。”

她顿了顿，从他眼里的怒火，证实他听懂了她的话。

“滚回来，你个臭娘们儿！”

他试着从椅子上站起来，但是玛格丽特已经离开了房间。她听到丈夫倒在地上的声音，然后，她拿起客厅里的行李箱，关上大门，头也不回地走下车道。她不知道要去哪儿，但只要能离开这儿，去哪儿都无所谓。十一月凛冽的寒风刺痛了她瘀青的脸颊，她放下行李箱，腾出手来系扣子，那件蓝色旧外套最上面的扣子。没想到线突然断了，扣子从指间滑落到地上。玛格丽特索性不管它了，拉起行李箱就走。

“去它的，”她想着，“我再买件新外套。生日快乐，玛格丽特。”

劳拉被敲门声吵醒了。刚才她趴在桌上睡着了，脸颊上印着那枚蓝色扣子的痕迹，迷迷糊糊地听到了前门的声响，便起身往那边走去。经过了还未打开的行李箱。她决定今晚开始住在帕多瓦，不知为何，她觉得在葬礼过后搬进来才对。这时，敲门声又响了，虽响声不断，但很有耐心，并不急切，好像门外的人知道家里有人，等多久都心甘情愿。劳拉打开门，看到一个年轻的女孩子，她生着一张漂亮的脸，杏仁般的眼睛，栗色的瞳仁，但神情严肃。劳拉好几次看到这姑娘坐在对面的长椅上，但这种近距离的接触还是头一次。女孩子挺直了她一米五五的身板，开口说：

“我叫森夏恩，我可以做你的新朋友。”

# 14

“等会儿客人来了，要不要沏壶好茶？”

劳拉笑着说：“你会沏茶吗？”

“不会。”

安东尼的葬礼已过去两周了。森夏恩除了周日被妈妈拦着，天天都给劳拉打电话。

“让人家休息休息吧，森夏恩。她肯定不希望你总是打搅她。”

森夏恩并不担心：“我不是在打搅她，我是她的新朋友。”

“嗯……谁知道她愿不愿意交朋友呢。”妈妈一边削土豆皮准备午饭，一边咕哝着。她在敬老院工作，每天都要工作很长时间，白天很少在家。森夏恩的爸爸在铁路局工作。森夏恩的哥哥本该照看她，但他一点儿也不上心，只顾着看卧室墙上餐桌大小的高清电视。再说，森夏恩已经 19 岁了，家人没法把她当小孩子似的锁起来。其实，妈妈很乐意森夏恩找点事做，只要别整天坐在长椅上就好，但是她总是担心别人对女儿突如其来的热情无所适从。森夏恩倒是一点儿也不害怕，对人毫无戒备，但是她的勇气和好心肠使她变得脆弱。

她的美德也通常是她的束缚。她妈妈曾经跑来拜访劳拉，询问她是否介意森夏恩的频繁来访。她还想确认女儿不会受到伤害。看到这位女子人不错，虽然有点冷淡，但是明确表示欢迎森夏恩，不过能看出这栋房子才是让她真正放下心来的原因。除了漂亮，里面还有一种气氛，她绞尽脑汁也想不出个形容词来描绘给老公波特听。

“就是觉得很‘安全’。”这已经是她能想到的最恰当的词了。

劳拉停下来，手里拿着壶，看着森夏恩那张严肃的脸。

“我来教你沏茶吧。”

有时劳拉觉得森夏恩是个不速之客，打搅了她崭新而不确定的生活，当然她是不会向别人承认这一点的，而是告诉森夏恩的妈妈，她很欢迎她。有时，劳拉假装不在家，让森夏恩站在门口，耐心地、不停地按着门铃。有一次，她还躲到花园里的花棚后面，不过终究还是被森夏恩发现了，她那会心的笑脸让劳拉觉得自己真是身在福中不知福。

安东尼的律师今天会带着遗嘱和那封信过来。劳拉把这件事告诉了森夏恩，但不知她理解了多少。她盯着劳拉把水壶放在炉架上，再从抽屉里拿出一个新盘垫。奎因兰先生下午 2 时 30 分到达。在这之前，包括洗餐具在内，森夏恩演练了五次沏茶的步骤。而劳拉则扮演奎因兰先生，为了不让自己的膀胱憋坏，迫不得已把最后三杯茶倒进了叶兰的花盆里。

奎因兰先生准时到来。森夏恩一眼就认出了他，他是安东尼葬礼上和劳拉一起走出房门的那位老人。他穿着炭灰色条纹西装和淡粉色衬衫，金表链从背心口袋里露出了一截，显得很尊贵。森夏恩不知道该如何问候这样一个人，便行了一个屈膝礼，还伸过手准备击掌。

“很高兴见到你，小姑娘，我是罗伯特·奎因兰。你是？”

“我是森夏恩，劳拉的新朋友。大家有时候叫我森妮。”

他笑了：“你更喜欢哪个称呼？”

“当然是森夏恩。您想啊，大家不可能总叫您罗伯吧？”

“恐怕这是职业所迫了。”

劳拉带着两人来到花房，森夏恩让客人坐在最好的椅子上，意味深长地看了劳拉一眼。

“我这就去沏壶好茶。”

“那太好了。”劳拉回答，心想着如果在奎因兰先生到达之前再上一次厕所该多好。

森夏恩在厨房的时候，奎因兰先生为劳拉念完了遗嘱，内容简洁明了。安东尼很感激劳拉所做的工作和她的陪伴，但最感谢的是她对这座房子无微不至的照料。他希望劳拉继承他所有的财产，前提是她得住在这里，打理玫瑰园。他知道劳拉和他一样爱惜这座房子，知道她会继续照管家务，并且“尽最大可能享受这里的快乐和安宁”，所以他死而无憾了。

“好了，亲爱的，都是你的了。”奎因兰先生透过镜片笑看着她。

森夏恩用胳膊肘把房门顶开，像走钢丝般一步步挪了进来，盘子很重，压得她的指节都发白了。她竭力地保持专注，累得直吐舌头。奎因兰先生马上站起来帮她把盘子放在边桌上。

“我来主持吧？”他问道。

森夏恩摇摇头。

“你是主持人？”

“我是说，我来负责倒茶。”

森夏恩认真地思考了片刻。

“你知道怎么倒茶吗？”

他笑了。

“也许应该由你来告诉我。”

三杯使用专业手法倒好的茶水和两块乳酪蛋糕，在森夏恩的注视下被享用无遗。此时，奎因兰先生也准备离开了。

“还有一件事，”他对劳拉说，“遗嘱还有第三个条件。”

他把一封安东尼的手写信交给劳拉，信封上写着劳拉的名字。

“这封信里应该有更多的细节，安东尼希望你将书房里的东西尽可能地归还给失主。”

劳拉想起书房里压得吱吱作响的物品架，还有塞得满满的抽屉，觉得心有余而力不足。

“可是那要怎么办呢？”

“我可想不出来。但是安东尼对你有信心，所以你需要对自己有信心。一定会想到办法的。”

劳拉可不相信自己，她被自我怀疑困扰多年，是个怀疑论者，最不相信的就是自己了。

“她的红色头发美极了，你知道吧。”

奎因兰先生拿起特蕾兹的照片。

“你见过她？”劳拉问。

他怜爱地用手指划过照片里那张脸庞。

“见过几次。她是个端庄美丽的女人。哦，她如果激动起来脾气很大。不过我还是相信所有见过她的男人都会为她心动。”

他依依不舍地把照片放回桌上。

“但安东尼是唯一配得上她的人。他是我的老友，也是多年来的客户。我从没见过比他更幸福的男人。特蕾兹去世的时候，他的魂都丢了，太悲惨了……”

森夏恩静静地坐着，倾听着每个字，以便捋清整件事的脉络。

“我猜猜，”奎因兰先生起身走到留声机前说——

“这首歌叫《想起你》，艾尔·鲍利的歌吧？”

劳拉笑了："这是属于他们的歌。"

"当然了。安东尼给我讲过。"

"给我讲讲吧。"

自从安东尼去世，劳拉一直为自己对他知之甚少而愈发伤心，尤其是他那神秘的过去。他们的关系只限定在当下，由日常生活建立，从未分享过去的经历或者计划未来的生活。因此，劳拉现在渴望发掘任何能发掘到的故事。她想进一步了解这个信任她、对她亲切又慷慨的人的故事。奎因兰坐回到椅子上。

"安东尼最早也最珍贵的记忆之一，就是小时候和着曲子跳舞。'二战'期间，他的父亲是英国皇家空军的军官，有一次，他休假在家的晚上，安东尼的父母要一起出去。那是个特别的日子，是父亲在家的最后一晚，母亲从朋友那里借来一件漂亮的蓝色晚礼服，我记得是一件夏帕瑞丽，安东尼还留着一张照片……他们在客厅喝着鸡尾酒，后来安东尼过去说晚安，见他们正在跳舞，放的音乐就是艾尔·鲍利的《想起你》——他那横冲直撞的父亲和舞姿优美的母亲把他拥入臂弯，一块跳了起来。他告诉我，他还记得母亲身上的香水味和父亲制服上的毛边。那是他们最后一次在一起，也是他最后一次看见父亲。第二天一早，父亲没等安东尼醒来就返回空军基地了。三个月后，他在敌后被俘。后来，他试图从勒夫特 3 号战俘营逃跑，却被杀害。

“多年后，安东尼和特蕾兹认识不久，一起在柯文花园的一家酒吧里吃饭，那家店喜欢氛围音乐胜过唐尼·奥斯蒙德和大卫·卡西迪，后两者的音乐好像属于另一个年代似的。当艾尔·鲍利的这首歌响起时，安东尼把自己的故事告诉了特蕾兹。于是她牵起安东尼的手，和他一起肆意地舞蹈，好像整个餐厅里只剩下他俩似的。”

劳拉开始懂了。

“她应该是个完美的女人。”

奎因兰先生由衷地回答：“她的确完美。”

说完，他把文件装进公文包。一旁沉默许久的森夏恩插话了。

“你还想再喝点儿茶吗？”

他感激地笑笑，摇了摇头。

“再不走，恐怕赶不上火车了。”

但是走到客厅时，他突然停下来转向劳拉，问：

“可不可以借用下卫生间？”

# 15

那把银灰色的裁纸刀带着埃及法老样式的手柄。劳拉用刀将信封裁开，想象着安东尼的秘密像青烟一样飘散到空中。她等到森夏恩回家，才把信封拿到书房里，在花房读信更舒服，但是在与信有关的地方读更觉合适。

温柔的夏末已悄悄溜走，转眼间已到了凉爽的秋日黄昏。劳拉想在壁炉里生火，但转而还是将开衫的袖子拉下来盖住指节，从信封里拿出信纸，展开来放在桌前。

“我亲爱的劳拉。”

安东尼深沉而温柔的声音在耳畔响起，黑色的字迹在眼前逐渐模糊，被泪水覆盖。她抽了抽鼻子，把泪水擦干。

“上帝啊！劳拉，克制一点儿吧！”她自责着，嘴角却不禁上扬。

我亲爱的劳拉:

现在你应该知道，帕多瓦和这里的一切都属于你了。希望你在这里过得开心，也希望你能原谅我对照料玫瑰园的固执和感情用事。

你知道，这座花园是我为特蕾兹打造的，特蕾兹的名字来源于《圣特蕾兹的玫瑰》。她去世的时候，我将她的骨灰撒在玫瑰园里，以便让她一直陪伴着我。如果你愿意，我希望我的骨灰也可以撒在园内。如果觉得这样做有点吓人，可以让弗雷迪去做，他绝对不会介意的，因为那孩子天生有着蟑螂般的意志。

现在我得和你说说书房里的那些东西，还是得从玫瑰园说起。我种下玫瑰的那天，特蕾兹给了我一件礼物，那是她第一次圣餐礼的纪念章。她告诉我，那件礼物是为了表示谢意和对我永恒的爱，还叫我发誓永远珍藏。那是我拥有过的最宝贵的东西，我却把它弄丢了，是在特蕾兹去世那天丢的。早上离开帕多瓦时，它还在我的口袋里，但等我回到家时已经不在了。霎时间，好像牵着我俩的最后一根线也断了。像一个钟表，走着走着停摆了，我也停下来了，停止了生活，变得跟行尸走肉一般。我呼吸、吃饭、喝水、睡觉，除此之外什么也不做。

是罗伯特让我认清了现实。“特蕾兹如果知道你变成这样会怎么想？”他说得没错。特蕾兹生前那样积极向上，却被夺走了性命；而我还活着，却选择了碌碌无为。她如果知道了一定火冒三丈。“而且会心碎。”罗伯特说。后来我开始游走，观察世界。有一天，我发现了一只手套，女士的，海蓝色的皮手套，右手的。我把它带回家，给它贴上标签，写上名称、捡到的时间和地点。就这样，我开始收集失物。也许是觉得如果能救助每件失物，总有人会捡起我丢失的东西，或许有一天我就能再次得到它，兑现那曾被打破的诺言。然而，这种事从没发生过，我却没放弃希望，依然坚持收集他人丢掉的物品。他们生活的碎片给了我很大灵感，帮助我再次提笔写作。

我知道，大部分失物是没有价值的，谁也不想把它们拿回去。但只要让失物和物主重逢，哪怕只能让一个人开心，哪怕只能修复一颗受伤的心灵，一切的努力就都值得。你也许会奇怪，我为什么隐瞒着这些事，把书房锁了这么多年。其实我也不知道，也许是怕被人笑话或者被当作疯子吧。那么，这就是我给你的任务了，劳拉，我唯一的要求就是，你努力试试吧。

希望你的新生活一切顺利，也希望你能找到其他和你分享的人。记住，劳拉，帕多瓦之外还有一个世界，值得你偶尔去探访。

最后一件事，有个女孩子总是坐在家门外对面的长椅上，像失了魂似的。我经常想，如果能为她做点什么就好了，哪怕几句善意的问候也好，可不幸的是，如今一个老人家想要帮助年轻女孩子，总叫人误会。或许你可以和她成为朋友？你自己决定吧。

带着所有的爱和感谢

愿上帝保佑你

安东尼

当劳拉从书房的椅子上站起来时，她的四肢已被冻僵了。外面漆黑的夜空中，挂着一轮皎洁的明月。劳拉来到厨房取暖，一边思考着安东尼的嘱托，一边烧热水。她很乐意帮他将骨灰撒在玫瑰园，但归还失物就没那么简单了。她再一次感觉到了口袋里的“石头”，它们时刻提醒着她认清自己的本质。劳拉的父母已经去世多年，但她仍然无法摆脱一个想法——她让父母失望了。虽然父母也未多言，但是坦白来讲，作为回报，劳拉又做过什么让他们自豪的事呢？她放弃了大学，经历了失败的婚姻，也没让父母抱上外孙子或外孙女。母亲去世的时候，她还在康沃尔吃着炸鱼和薯条。虽说是她五年来第一次休假，但这个理由还是无法让她释怀内心的愧疚。过了半年，父亲也去世了。安东尼正好填补了她心中的空白，现在，也许他留给她的任务，能让她得到救赎？也许这正是一次契机，让她有机会可以获得成功。

还有森夏恩。这件事上，她倒是比安东尼快一步，但是也没什么可邀功的。毕竟是森夏恩主动来找她的，劳拉却迟迟不能决定要不要和她成为朋友。她回忆起安东尼去世前，见到森夏恩的每一次，什么都没做过，一句话也没说过，连句“你好”都没有。但是安东尼即使在弥留之际，还把这么小的事情放在心上。劳拉像往常一样，对自己失望透顶，但是她已下定决心，试着做出改变。她端着茶上了楼，来到自己的房间——那间充满花香、原属于特蕾兹的卧室，因为她知道，特蕾兹还在，她的东西还在，虽然不是衣服之类，但还有她的梳妆台、和安东尼的合影（又一次莫名其妙地面朝下倒在桌上），以及那只再次停在 11 时 55 分的蓝色珐琅钟。劳拉放下茶杯，调好钟表，然后任凭窗帘敞开着，躺下睡了。外面的满月为玫瑰园披上了一层光和影的面纱。

# 16

## 尤妮斯

1984 年

“到了圣诞，我们让光明照耀，摆脱黑暗……”

道尔太太柔声细语地招待着尤妮斯前面的男顾客，帮他拿了两根香肠和几块托特纳姆蛋糕。她停顿了片刻，喘了口气，然后接待尤妮斯。

“他可真厉害，那个鲍勃·戈尔丁，集合那些歌手录制了一张唱片给沙漠里可怜的埃塞俄比亚人……”

尤妮斯点头笑笑。

“他可真是个圣人。”

道尔太太一边说，一边往袋子里装甜甜圈。

“你记住，”她继续着，“乔治男孩、米吉特·尤尔这样的人不是做不了慈善。”

听出是尤妮斯上楼的脚步声，道格拉斯便继续睡觉。它灰色的鼻子扭动了一下，前爪轻拍着，不知在想什么，应该是个开心的梦吧，嘴角还露出了一丝笑意。邦勃在桌前看着它，像个孩子从窗户里看到自己堆的雪人开始融化一样焦急。她想叫他宽宽心，但是不知说什么才好。道格拉斯老了，剩下的日子越来越少，它会离开这个世界，留下几颗破碎的心。但现在它既温暖又安逸，当它渐渐醒来，会看到一个奶油甜甜圈在等着它享用。把果酱面包换成奶油面包（其实是两者都有）是为了让道格拉斯胖一些，因为它越来越瘦了。

可邦勃却相反。尤妮斯认识他的十多年里，他长出了小肚腩，给瘦长的身材增添了一份柔软。他高兴地拍拍肚子，重复着不知说了多少次的话：

“我们绝不能再吃这么多甜甜圈了。”这句话毫无意义，尤妮斯懒得理会他。

“你的父母这周会来城里吗？”

尤妮斯逐渐喜欢上了格蕾丝和戈弗雷，盼着他们来，可总也盼不到。显然，人老了做什么都力不从心了。特别是戈弗雷，身心变得越来越脆弱，强壮的体格和缜密的思维渐渐远去了。

“不来，这周不来，他们不太舒服。”

邦勃正翻看桌上的一份手稿，眉头紧锁。

“什么？怎么回事？”尤妮斯担心地问道。

“唉，他们有个朋友遭遇了布莱顿的爆炸事件，上周他们常走的路上有个加油站起火了。我看他们是觉得‘待在家更安全’。”

邦勃突然合上手稿。

“这下好了，老妈估计又要关心这本书的出版事宜了。”

他拿着手稿冲尤妮斯晃了晃，好像在晃动一条臭鱼。道格拉斯终于从角落里爬了起来。它年纪大了，用浑浊的眼睛看着周边的环境，感到安全而熟悉，便使出浑身力气轻轻摇了摇尾巴。尤妮斯迅速跑去亲了亲它睡得温热的额头，引它去吃甜甜圈——那些甜甜圈都已经按它的喜好切好放在了盘子里。回过头来，她心里还惦记着那条“臭鱼”。

“那是什么？”

邦勃发出一声夸张的感叹。

“《自大与盲目》。”

“有意思。”

“好吧，这是我亲爱的姐姐最近的大作，讲的是一个破产足球经理的五个女儿的故事。她们的母亲决心把她们嫁给明星、足球运动员或者大富翁。她带着女儿们到当地的猎人舞会，在那里，大女儿珍妮特被一个特殊的客人请去跳舞，那人名叫宾戈，是一个乡村宾馆的主人，年轻帅气。她的妹妹莉兹，喜欢上了他神秘莫测的朋友，也就是世界著名的钢琴家阿西先生。但他觉得《年轻的农夫》这出戏太低俗，便拒绝了莉兹的二重唱邀请。于是，她称他为势利小人，气呼呼地走了。把这个又长又熟悉的故事缩短来说，就是最年轻的女儿和一个二级足球运动员私奔到马盖特，文了情侣文身，她怀孕后被对方甩了，最后流落到佩卡姆的一个小房间。后来阿西好心地介入了几次，最后珍妮特和宾戈结了婚，阿西也和莉兹终成眷属。”

尤妮斯已经放弃了克制自己的表情，被波西娅的文学剽窃逗得前仰后合。邦勃若无其事地继续说着：

“女孩子们的表哥科芬先生是一个宗教教师，在一所昂贵而无用的私立女子学校工作，愿意娶其中一个女孩儿为妻，但是让她们母亲伤心的是，没有一个人愿意嫁给他。他口臭、肚脐突出，因而，他娶了她们的表姐夏尔曼。夏尔曼很乐意嫁给他，因为她长着浅浅的胡子，而且已经 21 岁过半了。”

“可怜的夏尔曼，如果她才 21 岁半就必须接受口臭和突出的肚脐，像我这样快 30 岁的人还有什么希望？如果弗雷迪·克鲁格愿意娶我，都算是万幸了。”

邦勃笑了：“‘不管你干什么，千万别睡着！’你知道吗，我现在做噩梦还会梦到这部电影。”

尤妮斯冲他扔了一个曲别针。

那天晚些时候，她在邦勃公寓的花园里散步，而邦勃正在做晚餐，道格拉斯守候在一旁。她已经决定了，永远都不结婚，不会和邦勃结婚，也不想和别人结婚，就这样生活下去。她又想到之前去布莱顿的生日旅行，已经过去将近 10 年了，那次过得尤为开心，但是结束时她的心都碎了。

在回家的列车上，她努力克制着眼泪，渐渐意识到，自己永远不会成为邦勃喜欢的女孩。因为邦勃喜欢的女孩子根本不存在。但是他们是朋友，而且是最好的朋友，对尤妮斯来说，这已经足够了。

邦勃在厨房搅拌波伦亚酱料，想起了之前和尤妮斯的对话。尤妮斯是个令人惊异的年轻女子，聪明伶俐，很会挑选帽子。他想不通，她戴着那么漂亮的帽子，怎么会没有一个配得上她的年轻小伙子向她示爱。

“你会为此苦恼吗？”他大声地说出了心里的想法，他问得漫不经心，而不是直接切中要害。毕竟这样问有些唐突。

尤妮斯出现在门口，挥舞着一根面包棒，像指挥家的指挥棒一样；另一只手拿着红酒喝着。

“没有开着红色跑车、带着费罗费科思记事本、住在切尔西公寓里的帅哥来找你吗？”

尤妮斯决然地咬了一口面包。

“我要那些干什么，我不是有你和道格拉斯吗？”

# 17

“那位女士不想要了。”

森夏恩把茶杯和茶托放在劳拉面前的桌上。

“你应该自己留着喝茶用。”

那精致的白色骨瓷茶具晶莹剔透，深紫色的手绘紫罗兰上点缀着金色的花蕊。劳拉抬头看着森夏恩严肃的面容和深色的瞳仁。那天早上，她把森夏恩带进书房，讲述了安东尼信中的大致内容。

“他说我们俩应该互相照顾对方。”她解释道。

森夏恩头一次露出笑脸。她满心好奇，未经允许就摆弄着书房里的物件，不过下手很轻，小心翼翼、恭恭敬敬，劳拉看着放下心来，安东尼知道了也会开心的。她轻轻捧起每样东西，像捧着一只折翼的雏鸟。劳拉的注意力回到那个茶杯和茶托，以及这件失物的标签上。丢掉这样的东西，实在是太奇怪了。

“但是我们没法确定，森夏恩。我们还不知道它的主人是谁。”

森夏恩却坚定不移。

“我知道，就是那位女士的。她现在不想要了。”

她的话里毫无傲慢与急躁的语气，只有陈述事实的镇定。

“你怎么知道呢？”

森夏恩拿起茶杯贴近胸膛。

“我能感觉得到，不是靠脑袋想出来的，是靠感觉。”她把茶杯放回茶托里，“那个女士养过一只鸟。”她有意补充道，以证明自己的准确性。

劳拉叹了口气，那些失物的命运都压在她的肩上，像溺水者的衣服一样沉重。安东尼选择她作为继承人，这一点让她自豪而感激，但她害怕辜负了安东尼的厚望。如果这茶杯和茶托意义重大，森夏恩的“感觉”不但毫无帮助，反而成了障碍。

骨瓷茶杯和茶托。

10 月 31 日，在里维拉公园长椅上捡到。

尤拉莉亚终于从扶手椅上醒来，昏花的双眼望着周遭，仍旧是熟悉的环境，原来自己还活着，于是，她那张布满皱纹的脸上绽开了灿烂的笑容，露出依然洁白的牙齿。

“感谢耶稣，让我在人间又多活了一天。”她想着，“但也要诅咒他让我受苦。”当她试图站起身时，关节炎带来的疼痛传遍了她那骨瘦如柴的双腿。虽然她还活着，但时间已经不多了。她已经习惯了在楼下的椅子上久睡，楼上变成了难以企及的地方，所以她得走动走动。人们说这里是避风港，她却觉得住在这里就是投降，是举白旗的象征，但她别无他法。一间套房，外面有公共休息室、厨房，如果愿意，还可以吃到共享的餐食。床上铺着塑料床垫，以防出现尿失禁的情况。尤拉莉亚拖着双脚来到厨房，步履拖沓地换好拖鞋，像个年迈的滑雪运动员。壶里正在烧水，茶包放在杯子里，她打开后门，让阳光洒进来。她曾一度为自己的花园感到骄傲，那是她亲手规划、种植的，这么多年来她一直悉心照料着它。但现在，花园因缺乏打理而疯长，像个没规矩的野孩子。那只喜鹊在房门打开后立即飞到她的脚边，好像今天过得颇不顺利，可能差点被隔壁的猫抓住。但是它的眼睛闪闪发亮，轻声地喳喳叫着，脑袋来回晃动。

“早上好，罗西尼，我的朋友。”——那是他们的暗号——“你肯定又来讨早饭了吧！”

罗西尼跟在她身后跳进厨房，耐心地等着她从沥水板上的罐子里拿一把葡萄干给它吃。

“如果没有我，你该怎么办？”她往厨房地板上撒了几颗葡萄干，问道。喜鹊马上吃完了，渴望地看着她。

“该走了，我的朋友。”她说着，把剩下的葡萄干撒在了门口。

她拿着茶杯，拄着拐杖蹒跚地回到客厅，慢慢地坐在椅子上。房间里满是小玩意儿和装饰品。尤拉莉亚是个收藏控，喜欢被闪闪发光、丝柔绵软、稀奇古怪的东西包围，但是现在必须放下这一切了。这些物件都是她的宝藏，由她来决定它们未来的命运。她没法把这些东西带在身边，但也不堪忍受它们被一个叫戴夫的搬家公司司机开着货车拖走。况且，其中一些东西还会给她带来麻烦——有的东西来路不太合法。

等她把格子手推车装满时，已近中午了。她那僵硬的四肢因运动而得到缓解，于是便自如地向旁边的公园走去。

她准备把拿出来的东西分发出去，就放在大家能看到的地方，剩下的，谁也不给。那天是孩子们上学的日子，公园里只剩下遛狗的人和流浪汉，没有人注意到她。尤拉莉亚拿出四个雪景球、一个兔子头骨和一只金表，放在一座喷泉周围的台子上。走到公园里面，她又把两个银色的烛台、一只黄鼠狼玩具和一套镀金假牙悄悄放在战争纪念雕塑的壁龛里；把一个干化的猪下体和从巴黎带来的镀金音乐盒放在池塘边的台阶上，又把那只被挖空眼窝的瓷娃娃放在了秋千的座位上。她把水晶球丢到鸟池里，把那只粘着乌鸦羽毛的圆顶礼帽放在日晷顶端。那只黑檀木碗被她放在一棵枫树下，树上的叶子像万花筒一般，红色、橙色、黄色，让人眼花缭乱。全部分发出去后，只剩手推车胆怯地跟在她身后。尤拉莉亚坐在长木椅上，望着公园，满意地长舒一口气，完成了一项工作——只差最后一步。她身旁的木板上还放着最后一样东西，一个骨瓷茶杯和茶托，上面画着金色花蕊的紫罗兰。这时，两条街外发生了一起爆炸事故，一名邮递员丧生，还有一个路人受了重伤，茶杯随着爆炸声吱吱作响。一股黑色的浓烟在午后的空中弥漫开来，尤拉莉亚想起自己离开家之前没关煤气，笑了起来。

“打开煤气，放好水壶，将茶倒在茶壶里，牛奶倒在杯子里。”

劳拉在厨房里，边沏茶边听森夏恩说话，她总是这样，想尽一切办法吸引劳拉的注意。这时，后门响起一阵敲门声。

还没等人应门，弗雷迪就进来了。劳拉昨晚和他说过，他可以继续在这里工作，还邀请他到厨房里喝咖啡，没让他像往常那样独自一人留在花园里。自从葬礼过后，他一直没来上班，这段时间帕多瓦的情形也飘忽不定。

劳拉没想到自己会向他发出邀请，但转念一想，得多和他接触，才不会感到别扭。

“麻烦给我两块糖。”他冲森夏恩眨眨眼，说道。森夏恩顿时脸红了，无所适从地盯着茶匙。劳拉马上瞪了他一眼。她对这个悉心呵护着花园、少言寡语但工作高效的人仍然心有戒备，他在帕多瓦之外的生活，劳拉一无所知，他不说，她也不问。除了问问自己该做什么工作，有没有饼干吃，他从不多言。看来，帕多瓦真是个神秘的地方。

“弗雷迪，这是森夏恩，我的新朋友兼助手。森夏恩，这是弗雷迪。”

森夏恩把视线从茶匙上移开，试着直视弗雷迪的眼睛。

“嗨，森夏恩，你好吗？”

“什么好不好的？我 19 岁了。”

弗雷迪笑了。

“我 35 岁 9 个月，摩羯座。”

森夏恩把一只茶杯放在弗雷迪面前，又拿来奶壶和糖碗，接着递来一个茶匙和一盘饼干，再拿出一个叉子、一瓶洗手液、一包玉米片、一台打蛋器和一盒火柴。弗雷迪的脸上渐渐绽开了笑容，进而从喉咙里发出隆隆的笑声。不管那笑声如何，他已经通过了森夏恩的测试。她在弗雷迪身旁坐下。

“圣人安东尼把所有的失物留给了劳拉，我们得把那些东西还给失主。那个茶杯和茶托除外。”

“是吗？”

“是的。我拿给你看看？”

“今天不用了，我喝完茶，还要去工作，下次吧。就这么定了。”

森夏恩面露期待的神色。劳拉突然觉得自己是多余的，像个过时不走的客人。

“安东尼真是个好人，森夏恩，但是严格来讲，他并不是个圣人。”

弗雷迪喝完茶：“你没听说过帕多瓦的圣人安东尼，失物的守护神吗？”

劳拉摇摇头。

“没开玩笑，是真的。在主日学校，将近5年了。”他解释道。

森夏恩露出胜利般的笑容。现在，她有两个朋友了。

# 18

劳拉正努力摆脱过去的生活，而这个过程将充满痛苦和挣扎。她把一箱垃圾扔进垃圾桶，啪的一声盖上盖子，扬起一阵尘土。她一直在整理从公寓带来的最后一点儿行李，从她搬离和文斯同住的家以后，有好多东西就一直没动过。她想，10 年前就已经不需要的东西，今后应该也用不着了。慈善商店或许很乐意收下她的“破烂”，但是劳拉不想费劲送到城里去。“现在太忙了，顾不上……”她说服自己留下这些东西，但话音还没落，脑海里便浮现出安东尼信中的话：“帕多瓦之外还有一个世界，值得你偶尔去探寻。”

“改天吧。”她对自己允诺。

她擦掉脸上的灰尘，又把手在裤子上蹭了蹭，心想，脏死了，得去洗个澡。

“你好，你是在这里工作吗？”

说话的是一个长腿金发的女子，她站在门外，穿着紧身裤和印着显眼古驰标志的浅粉色绒面拖鞋，与上身的羊毛衫很相称。劳拉目瞪口呆的表情让她不禁奇怪，这个人是听不懂英语，还是智力有问题，或者耳朵不太好？于是她提高嗓门，慢条斯理地又说了一遍。

“我来找园丁弗雷迪。”

谢天谢地，说曹操曹操到，弗雷迪正巧从花园走过来，把一箱新挖的土豆放在劳拉脚边。

“亲爱的弗雷迪！”

年轻女子张开双臂，热情地拥吻他。弗雷迪轻轻地挣脱开，拉起她的手。

“费莉希蒂，你怎么到这里来了？”

“来找我的男朋友去吃饭。”

弗雷迪笑了笑。

“费莉希蒂，这是劳拉。劳拉，这是费莉希蒂。”

“猜到了。”劳拉点点头，但没有伸手，正好费莉希蒂也没有和“雇工”握手的习惯。这对幸福的情侣挽着胳膊，步履轻盈地离开了。劳拉把土豆拿进厨房，哐的一声把箱子扔在桌上。

“蠢货！”她气不打一处来，“我长得像这里的雇工吗？”

当她在大厅镜子里看到自己时，不由得心虚起来，她那头乱蓬蓬的头发用发带草草地束着，脸上蹭了几块灰，汗衫松松垮垮的，活像个帮厨的女佣。

“妈的！”

她咚咚咚跑上楼梯，舒舒服服地洗了个热水澡。她裹着浴巾坐在床上时，才意识到，热水只是洗掉了污垢，却未浇熄怒火。她的内心妒火中烧，虽然羞于承认，但这是事实。劳拉冲梳妆镜里的自己吐了下舌头，窘迫地说：

“只要愿意，我也可以出去吃饭。”

就这么决定，她要出门吃午饭了。安东尼也希望她出去走走，所以她欣然接受了。就是今天，就在此刻。

“失踪月亮”是一家颇有格调的酒吧，虽是休闲场所，但顾客的着装都很正式，临近圣卢克教堂，很适合刚参加完葬礼的人疗伤，以及快要结婚的人放松身心。劳拉点了威士忌、汽水、炸鱼柳，坐在对着吧台的包厢里。她故作享受的姿态从离开家的那一刻就坚持不下去了，本该放纵开心的事已然变成了一种折磨，就像去看牙医或者堵在上下班高峰期的路上。劳拉庆幸自己去得早，订到了包厢，还带了一本书，能遮住脸，以防有人上前搭讪。去酒吧的路上，她突然担心起来，弗雷迪和那个活泼的费莉希蒂也可能到这儿吃饭。不过，就算这个想法让她害怕，她也固执地继续前行。就这样，她来到酒吧，大白天喝着酒，假装看着一本根本无心看的书，等着一顿并不想吃的午饭。这一切都是为了证明自己，不让安东尼失望。一想到明明可以在家清理厨具，劳拉不禁苦笑起来。

酒吧里人满为患，正当服务生送来炸鱼柳和薯条时，劳拉旁边的包厢里进了一群人，喘着粗气边脱外套边放下购物袋，随后开始大声朗读菜单。劳拉听出了玛乔丽的声音，以及维尼·克里普颤抖的男高音。他们点了两份鸡肉蘑菇汤后，两人碰杯畅饮着奎宁水和杜松子酒，讨论起他们手下的业余戏剧团体正在排练的《快乐精灵》。

“当然，严格来讲，我还不够岁数，演不了阿卡蒂女士。”玛乔丽坚定地说，“但是这个角色需要演员的精湛演技和巧妙处理，所以，考虑到埃弗拉德对剧中人物的设定，我是唯一能胜任的演员。”

“那当然了，亲爱的，”维尼赞同地说，“而且吉利安是服饰搭配和化妆打扮的专家，一定能让你眨眼间就变老。”

玛乔丽听了这话，不知是该高兴还是该生气。

“那倒是，她成天对别人评头论足，看着当然像个专家了。”

“就你聪明！”维尼咯咯笑着，这时服务生端着鸡肉蘑菇浓汤和面包卷套餐来了，他便不好意思地收起笑容。接下来是片刻的安静，他们往汤里撒了盐，还往面包上抹了黄油。

“演伊迪丝这个角色让我有点紧张，”维尼说道，“这是目前我演过的最重要的角色，好多台词要背，还要拿着酒来回走。”

“你说的是舞台动作和场景设计吧。维尼，你得学会这些专业术语。”玛乔丽咬了一大口面包，若有所思地嚼着。

“我不该担心得太多，亲爱的，毕竟伊迪丝只是个用人，所以不需要什么高深的演技。”

劳拉吃完午饭，准备结账。正当她收拾东西准备离开时，一个熟悉的名字引起了她的注意。

“我相信，杰弗里能演好查尔斯·孔多米纳，但如果安东尼·佩尔杜还年轻，一定是这个角色的不二人选——个子高、皮肤黑，又帅又有魅力。”玛乔丽的话里甚至带着憧憬的语气。

“而且现实生活里，他还是个作家。”维尼说。

玛乔丽的牙板下面塞了点鸡肉，她用舌头将其清理掉，继续说：

“真奇怪，他竟然把所有财产都留给那个坏脾气的管家劳拉。”

“嗯，是挺奇怪的。”八卦是维尼最喜欢的下酒菜，“这里面肯定有蹊跷。”他狡黠地说，为自己的讽刺感到骄傲。

玛乔丽喝完了杯中的酒，示意服务生再来一杯。

“我猜，她除了打理家务之外，还为他做了些别的事。”

劳拉本想偷偷从他们身边溜走，但听了这些话后，她转过身，无所顾虑地站在他们面前。

“我还给他吹箫[1]呢。”她说道，“每周五都要来一次。”

说完，她立刻走掉了。

维尼疑惑不解地看着玛乔丽。

“什么意思？”

“她说的是意大利语。”玛乔丽用纸巾擦了擦嘴说道，“我在餐厅里听人说过。”

---

1　原文为意大利语 Fellatio，意为口交。

# 19

森夏恩把唱针放在旋转的唱片上，埃塔·詹姆斯甜美的声音随即响起，像辣椒一样热情四射。厨房里，弗雷迪正坐在桌前，劳拉在一旁准备着午餐的三明治。

“她品位真好。”

弗雷迪面朝着音乐传来的方向说。

劳拉笑了。

“她在挑选撒安东尼的骨灰时要播放的音乐。她说，电影里，狗狗得到一块骨头或者钟表停摆时，都有背景音乐。这次，圣人安东尼就要和特蕾兹永远地在一起了，要用音乐来庆祝。她还管特蕾兹叫‘花之女’。”

她把黄瓜切成薄片，沥干一罐三文鱼。

“她还想做个演讲，但我不确定这套流程能否善始善终。”

“一切都会顺利的。”

弗雷迪转动着桌上的茶匙。

“不过，她说话的方式很独特。她知道我们经常使用的词汇，但她还是喜欢自己的那一套。”

劳拉舔了一下沾在手指上的黄油。她不习惯和弗雷迪聊天，他说话时习惯结合着点头、耸肩和咕哝声。

但森夏恩没有这些习惯。她有的只是严肃的眼神、温柔的声音，能像驯蛇者一样从弗雷迪嘴里套出一切想得到的信息。

“她这样不是会让生活更加艰难，让自己更加远离……”

劳拉的声音随着思绪逐渐减弱，她把那些陈词滥调咽了回去。弗雷迪小心地揣摩着她的话，并没有做出评价。

“你是想说，让自己更加远离正常人？”

这次该轮到劳拉耸肩了。她也不确定自己在想什么，只知道森夏恩在学校里没什么朋友，还遭到过几个野孩子的辱骂，那些人在公园里喝着廉价的苹果酒，破坏秋千，甚至发生性行为。他们是正常人吗？如果是，森夏恩为什么要和他们一样呢？弗雷迪用食指尖控制着茶匙的平衡。劳拉继续做饭，把三明治切成三角形。现在弗雷迪会怎么看待她？偏执狂？蠢货？也许她就是这样。她和弗雷迪接触得越多，他对她的看法就越重要。劳拉原本想邀请弗雷迪到厨房里休息，好同他建立一种更轻松愉快的关系，但现在这个愿望还未实现。

弗雷迪小心翼翼地放好茶匙，靠在椅背上，晃动着双腿。劳拉强忍着，才没有开口叫他坐好。

“我觉得那是一种伪装。”他把腿收了回去，“她说话的方式，像杰克逊·波洛克的画作一样，到处是颗粒、斑点，就算画错了，也没人看得出来。如果森夏恩说错了话，我们也听不出来。”他摇摇头，自顾自地笑着，“真是个天才。”

这时，天才来厨房寻觅午餐了。

“对了。”弗雷迪对劳拉说，“那部电影叫《四个婚礼和一个葬礼》。”

森夏恩笑着坐在了新朋友的旁边。

午饭后，大家一同来到书房。森夏恩急切地给弗雷迪展示安东尼的失物博物馆。劳拉在想，要不要问问他是否可以贡献些归还失物的好办法。劳拉每次走进书房，都觉得里面的东西越来越多，空间越来越小，而自己也越发渺小，不断地向下收缩。那些货架好像在呻吟着，快要倒塌，抽屉也在吱吱作响。她怕自己被淹没在失物的大海中，但森夏恩却将其看作一个宝库。她轻抚、手捧、拥抱那些物件，轻声自言自语，或是对着失物说话，饶有兴致地念着它们的标签。弗雷迪惊呆了。“谁能想得到？”他凝视着周遭，低声说道，“怪不得他总是随身带着包。”

十月，微弱的阳光洒在窗台的花架上，房间被阴影笼罩着。他拉起遮阳板，荡起一阵灰尘。

“让这些东西晒晒太阳吧？”

森夏恩像个博物馆馆长自豪地介绍艺术藏品似的，带弗雷迪逛了一圈，给他看了各种扣子、戒指、手套、泰迪熊、一只玻璃做的眼睛，还有几件珠宝、一片拼图、钥匙、硬币、塑料玩具、镊子、四套假牙、一个洋娃娃的脑袋，而这一切还只是一个抽屉里的物件。那个茶杯和茶托还放在桌上。森夏恩拿起来递给弗雷迪。

“多好看呀！那位女士不想要了，所以劳拉准备留着喝茶用。”

劳拉正准备反驳，但森夏恩的表情那样坚决，于是她话到嘴边又咽了回去。弗雷迪把茶杯和茶托递给劳拉。

“现在属于你了。”

他坐下来。

“但是剩下的东西，”他挥了挥手臂，指着屋里的四面墙说，“你要全部归还回去吗？”面对这浩大的工程，他的语气非常平和，丝毫不露同情。

“计划是这样的。”劳拉回答。

森夏恩被从刚才打开的抽屉里掉出的一件东西吸引，她捡起它，突然痛苦地叫了一声，把那个东西扔掉了。

一只女士左手皮手套，海蓝色。

12 月 23 日，在卡尔桥下的草坪边捡到。

寒风刺骨，如果下雪就更冷了。露丝抬头看着漆黑的夜空里闪烁的星星和弯如镰刀的月亮。她轻快地走了 20 分钟，但双手双脚都冻僵了。流泪会更悲伤，好在她忍住了。幸亏没有车辆经过，无人打扰。现在再思考，已经太晚了。就这里吧，过了桥是一片长满草的浅滩，她摘下一只手套，从口袋里拿出一张照片，对着上面朝她笑着的女孩印上一个吻。天色暗得看不清前方，但她知道她在那里。“妈妈爱你。”她走下草坡，那只没戴手套的手抓住锋利冰冷的草叶。到了最下面，她的脚踩在了岩石上。“妈妈爱你。”她低语着，远处的灯光刺穿了黑暗，铁轨上传来轰鸣声。活下去，太难了。

“生活太艰难了，那位女士死了。”

森夏恩一边说，一边颤抖着。弗雷迪抱了抱她。

“我觉得你需要喝一杯热茶。”

在森夏恩严格的监督下，他沏好茶。两杯茶和一片果酱饼下肚，她继续讲故事。

“她很爱那个小女孩，但是这位女士太伤心了。”她尽力描述道。

劳拉感到莫名的不安。

“森夏恩，你最好还是不要进书房了。”

“为什么？”

劳拉犹豫着，她不想让森夏恩牵扯得太深。她知道这样很自私，但她很想找到办法，让安东尼甚至是已故的父母为她骄傲。她已下定决心，做一件正确的事，因此不想被任何事、任何人分心。

“以免里面的东西让你伤心。”

森夏恩坚决地摇了摇头。

“我现在没事了。”

劳拉怀疑地看着她，而森夏恩正竭力证明自己。

“如果你从来没有伤心过，又怎么会知道快乐是什么样的？”她问道。

“再说了，人人都会死的。”

“我觉得她将了你一军。”弗雷迪咕哝着。

劳拉拗不过她，无奈地笑了。

“不过，”弗雷迪又说，“我或许能让你开心起来。我想到了一个计划。”

# 20

森夏恩庄严地站在日晷旁等待着，她穿着粉色的呢子外套和带着银色亮片的棒球鞋。十月湿冷的午后时光正偷偷溜走，西边的天空染上了落日的余晖。在森夏恩的示意下，弗雷迪打开音乐，站在劳拉旁边，准备走到森夏恩站着的地方，开始这场仪式。弗雷迪捧着安东尼的木质骨灰盒；劳拉捧着一个精美的纸箱，里面装满了玫瑰花瓣和放在花房里的特蕾兹的照片。他们一边听着艾尔·鲍利的歌，一边缓缓走着，劳拉险些忍不住笑出来。森夏恩事无巨细地准备了这场仪式，就连留声机也换了地方，以便弗雷迪靠着窗子就能够得着。花瓣和玫瑰香氛的茶蜡也是特意准备的。森夏恩最初想要等玫瑰花开时再举行仪式，但劳拉不忍心让安东尼的骨灰在架子上等待九个月，她不能阻止安东尼与特蕾兹重逢。茶蜡和花瓣已经是她做出的最大让步。当劳拉和弗雷迪来到森夏恩面前，鲍利的歌正好播放到最后一段：

想念你，希望你也在这里

你不知道，要花多少时间，才能靠近你

我在每朵花中看到你的笑脸，每颗星中看见你的双眼

想念你，只想念你，我的爱

这也许是劳拉第一次仔细聆听歌词，这首歌好像就是为安东尼和特蕾兹写的。森夏恩为了烘托气氛，停顿了很久，才拿起手中的稿子念道：

“今天，在上帝的见证下，我们与这位先生——圣人安东尼，”她拍了拍骨灰盒盖，“和这位女士——花之女，”又将手向上指着那张照片，“相聚于此。圣人安东尼将与妻子花之女，从今天开始携手共度，无论贫穷或富有，顺境或逆境，直到死神来临，也要继续在一起。”

她再次停顿下来，久到几乎让人有些不安，当然了，她只是为了制造仪式的庄严气氛罢了。

“尘归尘，土归土，汤姆少校只是只猴子，我们也只能做一天英雄。”

她向前倾身，对弗雷迪和劳拉说：

“现在你来撒骨灰，你来撒花瓣。”然后，她又补充了一句，“跟着我！”

他们排着队绕着玫瑰园，由森夏恩领头，在这荒凉的花丛中来

来回回地穿梭着。夏季盛放的玫瑰如今只剩下潮湿泛黄的叶子固执地留在茎上。弗雷迪跟着森夏恩，小心地撒着骨灰，后面跟着劳拉，将花瓣撒在安东尼的骨灰上。“撒骨灰”这种行为对劳拉来说，一直是一件遥远的事，但现实中，她觉得这更像是清空吸尘器的回收袋。

他是她的东、西、南、北

她忙碌时的依靠，闲暇时的陪伴

她是他的日月星辰，是他最爱的一首歌

他们认为爱情能永久：他们没猜错

弗雷迪朝她眨了眨眼，开心地笑起来。“韵脚压得正好。”他小声说着。

森夏恩没有分心。

“现在，我宣布你们正式结为夫妻。上帝与森夏恩将一同守护你们。”

她冲弗雷迪点点头，弗雷迪便一路小跑着往留声机的方向去了。

“现在有请新郎、新娘跳第一支舞。”

夕阳染红了冰蓝色的天空，乌鸦的叫声回荡在渐浓的暮色中，警告着有只斑猫在四处觅食。埃塔·詹姆斯的《终于》响起：

最后，你笑了，我被施了魔法

我们来到天堂

因为你终于属于我了

当最后一个音符升入寒冷的空中，劳拉点燃了蜡烛。但森夏恩还没结束，她扯开稿纸，清了清嗓子。

“我是复活之神，是光明之宗。上帝说：信仰我的人，虽然死了，却获得永生。晚安。”

*　　　*　　　*

劳拉当晚回到卧室睡觉的时候，感觉房间和以前不同了。也许更温暖了，或者因为庆祝特蕾兹和安东尼重逢，与森夏恩和弗雷迪喝了太多酒。梳妆台上的东西整齐有序地摆放着，那只蓝色的小钟一如既往地停在 11 时 55 分。她上好发条，这样它就会在明天的 11 时 55 分再次停下，接着她拉上窗帘，爬上床。床单上撒着玫瑰花瓣。

# 21

## 尤妮斯

### 1987 年

贝蒂跑到他们前面，在公园里搜寻着。它时不时地回头，确认他们还跟在身后。它的脸上起了几层滑稽的皱褶。它和一个电影明星长得很像，便取了同样的名字，但自从那位明星出演了一个令人印象深刻的角色后，大家就开始管贝蒂叫那个角色的名字——宝贝简。

邦勃为道格拉斯的离世痛心不已。他一直抱着小狗，在它停止呼吸后，过了很久，才长叹一声，把它放下。道格拉斯松软的毛发已经冰冷。尤妮斯痛苦地哀号着，但邦勃却枯坐着，一滴泪也流不出来，好像一阵烟灰笼罩着他，扼住了泪水。办公室里，道格拉斯常去的地方总叫人触景生情。少了一张嘴，甜甜圈就吃不完了，但尤妮斯还是会多买一份。邦勃崩溃了，只得借酒消愁，再借睡眠醒酒。

最后，只有一个人可以接近他。当汤姆·克鲁斯戴着雷朋墨镜从脚踏车上下来，走到酒吧里，或走到飞机上时，很难判断邦勃和尤妮斯，谁对他的爱更深切。电影院上映《壮志凌云》的时候，他们连着看了三个晚上。道格拉斯离去的三个礼拜后，尤妮斯用备用钥匙打开邦勃的家门，把萎靡不振的他从床上赶了下来。邦勃坐在厨房桌前，眼泪终于释放出来，顺着脸颊流淌，滴落到尤妮斯为他煮的黑咖啡里。她牵起他的手。

“是啊，它和你在一起过得很开心，邦勃，但它已经走了。”

第二天，邦勃终于清醒地出现在办公室。又过了一周，宝贝简从巴特西宠物狗之家来到这里。它有一身黑色、金色相间的毛发，性格蛮横，不爱吃甜甜圈。第一次喂它甜甜圈时，它嫌弃地闻了闻，掉头走开了。宝贝简喜欢维也纳旋风小饼，对一只流浪狗来说，它的品位很有格调。

当这只小巴哥犬在草地上嗅着一个空薯片袋时，尤妮斯看了一眼邦勃，感觉原来的那个他快要回来了。他的眼角和脸颊上还残留着悲伤的痕迹，但他的笑容正逐渐展开，惆怅的驼背也慢慢挺直了。她不想它做一个替代品，不过它已经成了邦勃生活的一部分。如果宝贝简能体悟到相处的要领，尤妮斯确信，它会成为邦勃的挚友。

回到办公室，尤妮斯去厨房烧了一壶热水，此时邦勃正在邮局。宝贝简把头和前爪放在垫子上，强迫自己吃下一块蛋糕。当尤妮斯端着茶出来时，邦勃正挥舞着从竞争对手那里得来的几页小说稿，冲她招手。

“安东尼·佩尔杜的《失物招领》，嗯，我听说过，卖得不错，不知道布鲁斯为什么把它寄给我。”

尤妮斯拿起随信附赠的便条，看了看。

“为了炫耀。”她回答。

“‘邦勃，’”她念道，“‘请收下这本成功的小说，你本来有机会出版，老伙计，但是你搞砸了！’”

邦勃摇了摇头。

“不知道他在说什么，如果这个佩尔杜一开始也把稿子寄给我们，我们早就抢过来了。真是多此一举，他脑子糊涂了。”

尤妮斯拿起稿子翻阅，作者的名字连同书名，像两块打火石，在她的记忆中擦出微弱的火花。一份手稿？尤妮斯绞尽脑汁回忆着，但就像在玩咬苹果游戏一样，当她以为已经咬住了，苹果却又溜走了。宝贝简打了个夸张的哈欠，它的蛋糕迟到了，饿得它瘫软无力。尤妮斯笑着摸了摸它的脑袋。

“你可真是个女王大人！你如果长胖了就没有蛋糕吃了，只能在公园里慢跑，幸运的话，偶尔能吃到一根芹菜。”

宝贝简哀怨地看着尤妮斯，那双圆溜溜的黑眼睛周围长着长长的黑色睫毛，这眼神回回奏效——尤妮斯最终还是把蛋糕给了它。

它舔舔嘴巴，想吃粘在上面的残渣。这时，电话铃响了，每响一声，便伴随一声犬吠。自从宝贝简来到这里，很快就坐上了管理层的位置，对自己的地盘管理非常严格。邦勃接起了电话。

“老妈。”

他听了一会儿。尤妮斯从他脸色的变化知道，出事了。邦勃已经站起身来。

“要我过去吗？你愿意的话我现在就能过去。别说傻话，妈，不会有事的。”

戈弗雷出事了。那慈爱、善良、风趣、绅士的戈弗雷，患了老年性痴呆，走丢了，像一艘宏伟的轮船因长年航行而破烂不堪，遭受着风暴无情的摧残，再也不能扬帆远航。上个月，他让家里被水淹没的同时，点着了一把火。当时，他打开浴缸的水龙头放水，而后就忘了，接着去楼下烘干衬衫，结果又出门去买报纸，忘了关电炉。等格蕾丝从温室花房回到家，厨房天花板上漏下来的水已经熄灭了衬衫引起的大火，她看到这一切，哭笑不得。但她不认为自己需要帮助。戈弗雷是她的丈夫，她爱他，并且许诺不论健康与疾病，爱他爱到死亡将他们分开。她不忍心叫他坐上带便桶的轮椅。然而，这次他彻底走丢了。格蕾丝疯狂地寻找了一个小时，只好回家报警。她在大门口遇到了教区牧师，他在去拜访一户人家的路上，看到戈弗雷走在马路中间，肩上扛着一把扫帚，头上戴着格蕾丝的红色贝雷帽，说他在家过了周末，现在要返回部队。

邦勃挂掉电话，无奈地叹了口气。

“你想让我跟你过去，还是和宝贝简守在这里？”

邦勃还没来得及回答，门铃响了。

波西娅听说父亲走失的事情，出奇地平静。她不想同邦勃一起去看望父母，更别提帮忙了。邦勃竭力劝她，却徒劳无功。

“这事很严重，姐。妈妈不能时刻看着他，他会伤着自己的。估计很快也会伤着妈妈。”

波西娅看了看自己的红色指甲，她刚刚做了美甲，甚为满意，还付了一镑的小费。

“怎么？你还想让我做什么？他又不是没家可回。”

“他是有家可回，”尤妮斯唏嘘着，“他自己的家。”

“闭嘴吧，尤妮斯！关你什么事？”

“至少她还在意！”邦勃吼了一声。

波西娅被邦勃的呵斥刺痛了，于是用她唯一的办法——辱骂，予以回击。

“你这个没心没肺的浑蛋！我当然在意他了。我只是实话实说。如果他很危险，就该锁起来。至少我有胆量说实话。你这个没骨气的家伙，对爸妈永远唯命是从，从不像我一样敢和他们对抗。”

宝贝简看到场面有些失控，便发出一声低吼。波西娅循声望去，第一次见到这只躁怒的哈巴狗。

“哪儿来一只躺在垫子上撒尿的野狗？那只小怪物死的时候，

我还以为你们再也不想养狗了呢。”

尤妮斯往邦勃桌上放着的道格拉斯的骨灰盒看了一眼，眼神里充满歉意。她刚才还在思考，该如何让这个恶毒的女人尝尝受伤的滋味。这时她突然意识到，宝贝简已经有了计划，它从垫子上直起身，像发现一只羚羊的狮子般，悄悄往前走着，愤怒的双眼紧盯着波西娅，浑身颤抖，然后抬高了嗓门。它咧开嘴，露出小而锋利的牙齿。波西娅冲它摆动着手指，但宝贝简还在前进，注视着它的猎物，不断地咆哮。

“嘘！嘘！坐下！”

宝贝简还在前进。

看着它离自己越来越近，波西娅惊慌地后退了一步，极不优雅地骂了一句。

邦勃开始收拾东西。

“你需要的话，我可以和你一起去。”

尤妮斯再次伸出援手。他感激地笑笑，摇了摇头。

“不，不用。我没事的，你在这里照顾狗狗。”他说着俯下身抚摸宝贝简的耳朵，宝贝简也充满爱意地凝视着他。

“至少现在我们知道那句话是真的了。”他顽皮地笑着说。

“哪句话？波西娅就是个穿着高跟鞋的吹牛大王？”

他摇了摇头，轻轻抬起宝贝简的一只脚。

“没有人会把宝贝丢在角落里的！”

尤妮斯开怀大笑。

“得了吧！”

# 22

“《失物招领》，作者安东尼·佩尔杜。我就知道这里有这本书！”

劳拉挥舞着一本薄薄的短篇小说集，得意地来到厨房。

弗雷迪从笔记本电脑后抬起头来，接过劳拉递来的书，翻阅起来。

“写得好吗？”

“那要看你怎么理解‘好’的意思。”

劳拉坐在他对面的椅子上。

“书卖得不错。当时安东尼的出版商很满意。我记得那人很古怪，喷了一整头发胶，之前来过一两次。”

“一整头！”弗雷迪惊叹道，“我觉得喷一点儿就够多了，除非你是李伯拉斯[1]或者舞厅里跳舞的人。”

“那是男性修饰自己的一种方式。”劳拉笑着说，“不过我知道这不是你的专长。”她看着弗雷迪，他一头深色鬈发已经盖住衣领，遮住了脸颊。

“没必要。”他冲她眨眨眼说，“我天生就这么帅。”

1 李伯拉斯：美国钢琴家。

他说得对，劳拉在心里默默点头。哦！但愿她是在心里点了头，可也说不定是真点了一下头。她感到一股热流从脖子涌了上来。气死了！他也许会以为她已经人到中年——该穿大码短裤、棉绒睡衣的年龄。其实她根本没那么老，而且她正在约会。

“你觉得他写得好吗？”

弗雷迪说话了。

“抱歉，走神了。那是什么？”

弗雷迪朝她挥了挥书。

“《失物招领》——你觉得怎么样？”

劳拉叹了口气，摊开手放在桌上。

“我觉得写得比较保守。文字一如既往地优美，但是内容丢失了他一贯的棱角，结局太过美好了，就好像为别人写下圆满的大结局，自己也能如愿以偿似的。”

“可那结局一直没等来？”

劳拉苦笑一声：“现在终于来了。”

她双手合十。

“那就是他不再写作的原因？”

劳拉摇摇头。

“不是，他写了一本小说，灵感应该是来源于这些失物。一开始，故事情节积极乐观，有商业卖点，那个怪人——出版商布鲁斯对稿子很满意，而且这些书也赚了不少钱。但是后来，故事情节越来越阴郁，人物越来越矛盾，甚至充满缺陷。圆满的大结局逐渐被揪心的谜团和无解的疑问取代。我觉得这些故事写得更好，更像他前期的作品，不管是想象力，还是情节设计，都对得起读者。但是布鲁斯不干了，他只想要大团圆的故事。他想喝甜葡萄酒，可安东尼给的是苦艾酒。布鲁斯便拒绝出版这本书，事情也就不了了之了。”

“安东尼找过其他出版商吗？”

“不知道。我不确定那时候他还在不在意出版的事。他似乎只是在为自己写作，而不是写给别人看。后来，除了那封奇怪的信，他再也没叫我替他录入稿件。”

劳拉拿起桌上的那本书，轻抚着封面。她突然想念老朋友了。

“也许我们应该给这个网站起名叫失物招领？”

设置网站是弗雷迪的计划。起初劳拉有些犹豫，因为这么多年来，安东尼一直不准高科技产品破坏家里的宁静，而他去世没多久，便向洪水猛兽般的互联网和它附带的一切敞开大门，似乎有些失礼。但弗雷迪说服了她。

“安东尼唯一要求保留不变的就是玫瑰园。他把房子留给你，因为他知道你会做出正确的选择。现在这是你的家了，安东尼相信你会想到可行的办法将失物归还给物主。”

这个网站将是一个大型的虚拟“失物”商店，人们可以在这里浏览安东尼捡到的物品，找回他们的失物。他们还在处理网站的一些细节，包括名字。

“‘失物招领’，太普通了。”森夏恩从书房中走出来，找饼干吃。

“要不要我沏壶茶？”

弗雷迪搓着手，满心期待着。

“我还以为你不会问了呢，我现在嘴里像詹姆斯·邦德的马丁尼酒一样苦。”

森夏恩灌了一壶水，小心地放在炉灶上。

“酒明明是葡萄做的，怎么会是苦的？”

“这问题问得好，小朋友。”弗雷迪说，“我要是知道答案才怪。”

劳拉来救场了。

“‘失物集合站’这个名字怎么样？”

“好极了！”弗雷迪说。

“饼干在哪儿呢？”森夏恩问道。

* * *

劳拉从理发店回来，这时弗雷迪正好下班。

“你变样了。”他没好气地说，“新买了一件针织衫？”

她真想踢他一脚。她的针织衫都穿好几年了，还起了毛球。她刚刚花了两小时的宝贵时间和70英镑做了头发，还在她的发型师爱丽丝的建议下把头发染成了亮铜色。从理发店出来，原来那光滑的栗色马尾辫终于成为历史，她觉得像捡了100万一样值得。现在，她却觉得那70英镑白花了。

“我刚做了头发。”她咬牙切齿地说。

“哦,对,那就是因为这个。”他边说边在帆布包里翻找汽车钥匙。找到后，迅速冲她笑笑，往大门的方向走去。

“那我先走了，明天见。”

大门在他身后关上了，劳拉气急败坏地踢了一脚身旁的竹质伞架，上面的东西都掉在了地上。等她把雨伞和拐杖收起来后，便告诉自己，反正新发型不是为弗雷迪做的，所以他注意不到也无所谓。

劳拉上楼，欣赏着挂在衣柜前新买的那件黑裙子。优雅高贵、不失品位，还有点性感，为她刷信用卡的女销售员声称，对她这个年龄来说，领口和裙长的设计正好显出她这个年龄的风姿。但劳拉觉得裙子有点紧，而且贵得出奇。她必须只吃一点点饭，才能保证食物不会坠在肚子上。

和她约会的人叫格雷厄姆，是文斯的大区经理，上次在失踪月亮酒吧吃完午饭后，劳拉在停车场遇到了他。两人在经销商的圣诞晚宴和其他社交场合见过好几次，那时她还没和文斯离婚，而格雷厄姆也是已婚人士，妻子叫桑德拉。现在，两人都成了单身，于是他便主动约劳拉出来。想起第一次见费莉希蒂的场景，劳拉心说："试试又何妨？"便答应了。

但现在她却犹豫了。她把自己塞到那条裙子里，从镜子中检查发型，不由得怀疑起来。据爱丽丝说，劳拉现在是邻里街坊谈论的热门话题。安东尼在世时因作家身份小有名气，因此去世后，有关他的事也应该保持公开。人们给劳拉贴上了各种标签，从"精明算计的盗墓者""挖金子的妓女"到"忠诚的朋友、当之无愧的继承者"和"爱尔兰传统舞蹈前国家冠军"。

"但我觉得莫里斯夫人可能把你和别人弄混了。"爱丽丝说，"她都快 89 岁了，每周四只吃卷心菜。"

劳拉心想，也许她根本不该出门，否则大家会想，安东尼刚走不久，她就开始享受生活了。穿着新裙子，换了新发型，像在炫耀她继承的遗产；像是他刚刚入土，她就在坟边起舞一样。不过，安东尼已被火化，骨灰也撒在玫瑰园里，所以严格来讲，他并不在坟墓里。但现在反悔已经晚了，她看了看表，格雷厄姆应该快到了，一直以来，他都表现得很绅士。

"没事的。"她告诉自己，"只是一顿饭而已。"

但是等出租车来接她的时候，劳拉一点儿也不饿了。

格雷厄姆确实是个绅士。劳拉赶到餐厅时，他正一边喝香槟，一边等待着，还带着一点儿紧张的笑容。他接过劳拉的外套，在她脸颊上轻吻了一下，对她的装扮赞赏有加。劳拉一边喝着酒，一边放松下来，当然，这放松是在裙子的限定范围内。饭菜很可口，劳拉吃了很多，再吃裙子都要撑破了，她边吃边听格雷厄姆讲述破裂的婚姻，他与前妻之间不再有爱情的火花，于是他们从爱人变成了普通朋友。现在，他迷上了越野行走。“那是一种借助两根玻璃纤维手杖的行走运动。”格雷厄姆如是说。劳拉本想开玩笑说，他还没老到需要手杖的程度，更别提用两根了，不过还是忍住了。他看上去确实精神抖擞，这一点劳拉不得不承认。即将46岁的他，身材仍未走样，精心熨烫的衬衫下，藏着宽大而健壮的臂膀。

劳拉来到卫生间，一边涂口红，一边暗自庆幸。

“约会根本没什么好担心的。”她心想。格雷厄姆的用餐习惯也很文明优雅。她抿了抿嘴唇，把口红放回包里。

格雷厄姆坚持打车送劳拉回家，借着酒后的放松和他陪伴下的舒适，劳拉向司机说明了目的地，而后将头靠在他的肩膀上休息了片刻。但是她并不准备请他喝咖啡。她知道她不该在意那些流言蜚语，但她控制不住。“妓女”这个词像一记耳光打在她的脸上。与她相恋过的人一共有三个，其中一个是文斯。这并不是值得骄傲的事，其实，她甚至后悔没多谈几次恋爱。或许遇见的人越多，越有可能找到真命天子。但是，只约会一次恐怕无法确定。格雷厄姆是个绅士，他不会这么快就想到这一步。

十分钟后，格雷厄姆坐在出租车里，满心困惑地回家。想要虏获劳拉的芳心，还有很长一段路要走。劳拉在浴室用漱口水漱口，往水池里吐水的时候，她在镜中瞥到自己惊魂未定的神情，晕开的睫毛膏顺着脸颊流淌，口红像个小丑似的蹭脏了下巴。这下，可真有点妓女的模样了。她火急火燎地脱掉裙子，气急败坏地把它揉作一团，猛地扔到厨房的垃圾桶里，又忽地打开冰箱。普罗塞克酒在用过漱口水后喝起来很苦涩，但劳拉还是咕嘟咕嘟灌进了肚子。她拿着酒瓶来到花房，点起壁炉里的火，却不小心把酒瓶打翻了。

“该死！妈的！破瓶子！”她朝那闪着火光的碎片破口大骂，“在那儿待着吧，没人收拾你！”

她摇摇晃晃地走回厨房，又拿了一瓶酒，喝了一会儿，她盯着火焰，思考自己这是在闹哪一出。

喝得烂醉，也哭累了，她便在沙发上睡着了，新做的头发下面是她那张满是泪痕的脸。

# 23

大约睡了十个小时后，劳拉醒了，恍惚得像睡了几个星期似的。脑袋里嗡嗡直响，却忽然又加进一串敲窗户的声音。她使出浑身力气，想看看是谁让她那已然疼痛不已的脑仁雪上加霜。是弗雷迪。等劳拉挣扎着坐起来，他已站在她面前，面无表情地拿着一杯冒着热气的黑咖啡。腰酸背痛的劳拉裹紧了睡袍，看着弗雷迪从地上拿起两个空酒杯。

“看来约会进展得不错。”他的声音比以往更清脆。

劳拉从他手中接过咖啡，咕哝了几句叫人听不清楚的话。

“森夏恩说你和男朋友去约会了。”

劳拉喝着咖啡，抖动了一下。

“他不是我的男朋友。”她急忙说道。

弗雷迪瞪大眼睛看着劳拉。

“哦，反正我觉得这样挺好的。”

劳拉的泪水再次涌上眼眶，肚皮快要被怒气撑破。

“这跟你有关系吗？”她吼道。

弗雷迪耸耸肩："你说得对，和我没关系。"

他转身要走："不用谢谢我的咖啡。"他嘟囔着。

"快滚吧！"劳拉小声回答道。

她又喝了口咖啡，后悔把约会的事告诉森夏恩。

劳拉感觉到口水涌出嘴巴的冲动，她知道现在去浴室有点晚了，但还是要试试看。走到地板中央，她感到一阵恶心。当她被呕吐物溅脏了双腿，寒冷和痛苦侵袭着脊背时，却仍然捧着咖啡杯，庆幸自己没吐到杯子里去。

一小时后，劳拉清理完污渍，更加虚弱了。她站在花洒下，冲了十分钟，然后拽来衣服穿上，她来到餐桌前，沏了一杯茶，盯着一片吐司发呆。她的约会以失败告终。一想到格雷厄姆那僵硬的舌头在她嘴里，像条虫子在死前挣扎似的蠕动，她便浑身冒冷汗。也许还有两杯香槟的酒劲在作祟。她怎么这么傻？这时，门铃声打断了她哀伤的思绪。是森夏恩。"哦，天哪！求求你今天放过我吧。"她心想。到时候，她又会提出一大堆关于昨晚的问题，这是劳拉不想面对的。于是她躲到橱柜里。森夏恩如果见没人应门，就会跑到后门去，如果劳拉留在桌前，就会被发现。门铃声还在继续，富有耐心与恒心，这时，后门突然开了，弗雷迪走了进来。

"你这是干吗呢？"

劳拉赶紧叫他别出声，求他到橱柜那儿去。这么一个小插曲都叫劳拉心跳加速。她扶着装满酸黄瓜罐子的架子，以免摔倒。

“上帝，你没事吧？”弗雷迪关心地问道。劳拉再次把手指放在嘴唇上。

“到底怎么了？”弗雷迪的耐心快用光了。

劳拉叹了口气。

“森夏恩在前门，我今天没法见她。我知道，你可能觉得我很可悲，但我就是应付不来她那些问题，至少今天不行。”

弗雷迪恨铁不成钢地摇摇头。

“我倒不觉得你可悲，我觉得你这样很残忍，你是个成年人，却躲在橱柜里，不愿意见一个把你当成好姐姐的女孩，就因为你遇到了烦心事，而且宿醉不醒。至少鼓起勇气和她解释清楚吧！”

弗雷迪的话像扎进肉里的针一样，但还没等劳拉回答，前门那边突然吵了起来。

森夏恩不知道这个走上门廊的金发女人是谁，她看起来怒不可遏。

“你好，我是森夏恩，劳拉的朋友。你是谁？”

那女子眯起眼睛上下打量着森夏恩，揣测着有无必要回答她。

“弗雷迪在吗？”她问道。

“不在。”森夏恩说。

“你确定？他的车可还停在车道上呢。”

森夏恩好奇地看着那女子的脸因怒气憋得更红，用修得精美齐整的指甲叩击着门铃。

“那是弗雷迪的路虎。”森夏恩平静地说。

“所以说，他就在这儿，这个浑蛋！”她开始破口大骂，继而再次按响门铃，用拳头砰砰敲门。

“劳拉不会开门的。”森夏恩说，“她可能躲起来了。”

费莉希蒂停了下来。

“谁？”

“劳拉。”

“什么？那个女用人？她为什么躲起来？”

“不想见我。”森夏恩苦笑着回答。

“但愿弗雷迪这个浑蛋没有躲着我！”

森夏恩决定劝劝她。因为担心金发女子正在气头上，会把门铃按坏。

“也许他正和劳拉一起躲着呢。”她说，“弗雷迪很喜欢她。”

森夏恩的话显然起了反作用。

“你是说这个王八蛋和女佣在一起了？”

那女子蹲下身，冲着投信口大喊起来。

弗雷迪躲进橱柜，在劳拉身旁关好柜门。这回轮到劳拉疑惑不解了。

“费莉希蒂来了。”他小声说道，全然没有了指责的语气，倒是有点绝望的意味。

“怎么了？”

又轮到弗雷迪叹气了。

“昨晚我俩约会，但我去不成，告诉她的时候已经来不及了，估计她现在气疯了……”他的声音越来越小。

虽然被寒冷、恶心和头痛烦得够呛，劳拉还是忍不住笑了。她饶有趣味地说：

“你倒是鼓起勇气，当面和她解释清楚啊！”

弗雷迪惊讶地看着她，然后，他那张英俊的脸上漾出了笑容。

“我知道你在里面，王八蛋！”费莉希蒂的声音从投信口传来。

“你和那个不要脸的女管家……好，如果你看得上那个土里土气的老妓女，说明你根本配不上我。反正你也不是个好东西，就和她凑合过吧！”

森夏恩站在发疯似的费莉希蒂身旁，不知所措。她记下了费莉希蒂说过或喊过的所有话，等着事后慢慢领悟体会。也许劳拉出来之后，会把这些话解释给她听。现在，费莉希蒂似乎喊累了，便冲门上挥了一拳，沿着来路大步流星地走了。过了一会儿，森夏恩听到车门嘭的一声关上，引擎发动，车轮发出尖锐的摩擦声。费莉希蒂走了，路面上留下了一道轮胎印。正当森夏恩准备回家时，又一个客人来了。这个女士年龄大一些，穿着得体，面带笑容。

“你好，”她说，“劳拉是住在这里吗？”

森夏恩不知道这次会出现什么局面。

“是的，但她可能躲起来了。”

那女士看似并不意外。

“我是萨拉。”她自我介绍着，“是劳拉的老朋友。”

森夏恩向她伸出手来。

“我是森夏恩，劳拉的新朋友。”

“啊，遇见你一定是她的幸运。”那女士说道。

听到这话，森夏恩对她的好感倍增。

“你也要从投信口喊话吗？”森夏恩问道。

萨拉沉思片刻：“算了，我就试试门铃吧。”

这时，森夏恩肚子饿了，看来今天是不可能在帕多瓦吃到午饭了。

“祝你好运。”她对萨拉说完，便回家了。

弗雷迪和劳拉还在橱柜里犹豫不定，竖起耳朵听着前门的声音。门铃再次响起，先是响了一声，接着是片刻礼貌的停顿。劳拉退了回来。

“你去看看。”她央求弗雷迪，“行行好嘛。”

弗雷迪因费莉希蒂对劳拉的辱骂而愧疚得不忍拒绝。

他打开门，看见一个漂亮的中年黑发女子，带着自信的笑容，和他坚定有力地握了握手。

“你好，我是萨拉，能见见劳拉吗？”

弗雷迪退后一步，把她让进门。

“等她从橱柜里出来，就能见你了。”

一听到萨拉的声音，劳拉赶紧跑到客厅里迎她。

“你刚才也躲在里面哦！”她不忘警告弗雷迪。

萨拉看看他们俩，冲劳拉眨眨眼睛。

“躲在橱柜里！这种说法实在是太委婉了。”

“没有的事！”弗雷迪下意识地回答，而对劳拉来说，却像是一种侮辱。

萨拉像往常一样，救场似的拉起劳拉的手。

“给我沏杯茶吧？还有，你的头发真好看。”

# 24

萨拉·妥菲是名一级法庭律师，工作出色，有两个健康快乐的儿子，丈夫是一名建筑师。萨拉有着惊人的真假声切换唱腔，当年在学校的《音乐之声》演出中，扮演的玛利亚一角获得了一致好评。她和劳拉是同学，也是多年的好友，并不是距离近、常见面的那种要好，相反，她们一年只见两三次面。但两人之间的情感纽带，经历时间的打磨、苦乐的洗礼，历久弥坚。萨拉看着劳拉的聪明伶俐、坚强无畏被失败的婚姻无情地冲淡，看到她被自我怀疑挡在了通往幸福的路上。但她坚信，总有一天，真正的劳拉会重放光彩。

“你怎么跑到这儿来了？”劳拉边接水边问道。

“唉，还不是那60条酒后吐真言的短信，还有你今早发的那些语音留言。”

“我的天哪！我给你留言了？”劳拉用双手捂着脸庞。

“当然了，现在给我讲讲所有的细节吧。我觉得可以从‘无趣的格雷厄姆’说起。这个人到底是谁？”

劳拉一五一十地把事情说给她听，从那条被丢弃在垃圾桶里的连衣裙，到壁炉前喝完的第二瓶普罗塞克酒。至于那一夜后来发生的事，包括语音留言在内，全都在她酒后被忘到九霄云外了。

“‘无趣的格雷厄姆’，”萨拉现在比较认同这个称谓了，“你当初到底是怎么同意和他约会的？”

“我也不知道，可能是因为他主动邀请我，而别人从不这样。而且他看上去人不错，没什么明显的毛病。”

萨拉不可置信地摇摇头。

“没什么毛病也不能证明他就是‘真命天子’啊。”

劳拉叹了口气。她也希望别再把“假命天子”错当成“真命天子”了。

她再次把脸埋在双手中。

“都怪那个讨厌的园丁！”

话音刚落，劳拉就后悔了。

“谁？”

劳拉抱歉地笑笑：“哦，没什么。我自言自语来着。”

“你知道吗，这就是第一个迹象。”

“什么第一个迹象？”

“更年期！”

劳拉冲她扔了一块饼干。

“我早该知道，当他开始聊越野行走的时候，我们俩就不合适。”

“他想用他的手杖打动你！”

萨拉扑哧一声笑了出来，连劳拉也忍不住咯咯笑起来。

她还把门前那一吻告诉萨拉，那没完没了的可怕一吻。

萨拉看着她，气愤地耸耸肩膀。

“唉，你到底在想什么？你根本不喜欢他，从没喜欢过，和他接吻当然像是在亲吻一块硬板。”

劳拉使劲摇摇头。

“不对，比那个还糟糕。硬板可比他的嘴巴好多了。”她想起了像虫子似的舌头，“而且没有口水。”

“老实说，劳拉，你怎么不直接让他亲脸颊，或者快点转过头去？”

劳拉尴尬地笑了笑。

“我不想失礼。再说了，他的嘴唇像个对接舱似的锁死在我脸上。”

萨拉笑得前仰后合。劳拉却开心不起来。无趣的格雷厄姆，他并不该受到嘲讽。劳拉想起自己抽回身，草草道别后转身逃回房内，嘭地关上门时，格雷厄姆脸上疑惑的神情。可怜的格雷厄姆，她以后再也不想见到他了。

“去你的格雷厄姆！”萨拉总能猜到劳拉在想什么，“他不擅长接吻，还拄着手杖。你赶紧漱漱口向前看吧！”

劳拉忍不住笑了，可正当心情转晴时，另一件事又打翻了心里的五味瓶。

“该死！”她身子往前一扑，双手再次捂着脸。

“弗雷迪！”劳拉痛苦地呻吟道，“他今早看到我的窘相了。”

“然后呢？”

“他早上来找我，我的脸埋在沙发里，流着口水，妆都花了，身边是空酒瓶和两只玻璃杯，两只！萨拉，他会以为格雷厄姆来家里过夜了！”

“虽然证据很有说服力，但那也不能说明你们发生了什么。再说了，弗雷迪的想法有什么重要的？”

“他会把我当成妓女！”

萨拉笑起来，轻声细语地，像对小孩子似的说道：

“如果他的想法很重要，就把事实告诉他。”

劳拉沮丧地叹了口气：“那样他会觉得我土里土气。”

“行了！”萨拉狠狠地拍了一下桌子，“不许再消沉下去了。上楼去，土老帽，打扮一下自己。你把我从工作中拉出来，听你可悲又无聊的抱怨，至少得请我吃顿饭吧。三明治之类的可不行，我要吃正餐，外加甜点。”

劳拉轻轻拍了下萨拉的脑袋，然后走出厨房，揉一揉头发，把它吹干。这时，弗雷迪从后门进来了。

萨拉站起来，向他伸出手，面带笑容。

“又见面了，刚才没好好介绍自己。我是萨拉·妥菲，劳拉的老朋友。”

弗雷迪同她握手，却未直视她的眼睛，转而去水池边接水。

“我是弗雷迪，我过来煮点咖啡。你要不要来一杯？”

“不用了，我们正准备出去。谢谢。”

萨拉故意沉默了一阵，让弗雷迪倍感尴尬，直到水开，壶响了，才打破沉寂。弗雷迪四处望望，唯独不看萨拉。然后，他看到劳拉那件裙子的一角露在垃圾桶外面，便过去把它拿了出来。

“嗯，挺好的裙子。”

“是的，劳拉穿着一定美极了。”

弗雷迪别扭地转了转脚上沾满泥土的靴子说：“这我可不知道。”

劳拉下楼的脚步声响起。萨拉便站起身来。

“我知道，这不关我的事，但有时候总得有人先开口，即便不该由我先开口。昨晚，并没有发生你想象的那种事。”

她转身要走，又回头加了一句，“我只是好心说明一下，免得你误会。”

“这也不关我的事。”弗雷迪不悦地嘟囔着，将热水倒在杯里。

“撒谎，撒谎，裤子着火！”萨拉心想。

*　　　*　　　*

失踪月亮酒吧里正在为一名刚刚去世的 92 岁拳击教练、马商艾迪·里根举行追思会。前来吊唁的人已为逝者多次敬酒，气氛变得喧闹起来。劳拉和萨拉挤进一间包厢，点了一盘红肠焖豆和一盘土豆泥，萨拉要了一杯红酒，劳拉要了一杯低卡可乐，两人边吃边叙旧。安东尼去世后，两人曾聊过，但没有深谈，再后来萨拉忙着一件重要的案子，最近刚刚开庭。

“你赢了吗？”劳拉问。

“当然了！”萨拉说着，用叉子刺穿一块红肠放在面前的餐盘里，“别说这个了，讲讲你的事。”

劳拉讲了安东尼的遗嘱、那封亲笔信、装满失物的书房、对森夏恩避而不见、自己成为近期邻里间聊得最火热的话题，以及费莉希蒂。

“不知道安东尼把这一切留给我，是不是正确的选择。”她叹了口气，“我是说，这样做一方面是出于好意，房子很漂亮，我也很想完成他交给我的任务，但是责任重大，我怕自己再犯什么大错，辜负了他的期望。我不知道怎么对待森夏恩，而且那个网站也不一定有用，邻里街坊都觉得我骗了安东尼的钱。我的结局将是住在一座老鼠乱窜、蜘蛛结网、装满他人失物的房子里，活到 104 岁，死后几个月才会被人发现，那个时候，我已经在沙发上发霉了。”

“你都说过很多次了。”萨拉眨了眨眼，放下刀叉，把餐盘往旁边一推，说，“劳拉，我亲爱的、可爱的、聪明的、让人心疼的劳拉，你得到了一座又大又漂亮的房子，里面到处是宝藏，还有一个帅气的园丁。安东尼待你像女儿一样，把一切托付给你，你不但不高兴，反而坐在这儿发牢骚。他信任你，我也一直信任你。你不是在躲避森夏恩，你是在逃避一切。现在，你不能再这样过下去了。何必在意别人怎么想呢！”

劳拉喝了一口可乐，心里仍旧半信半疑。她觉得自己的人生就是一连串的失败。唯一成功的便是遇见了安东尼和帕多瓦，现在很可能又要让他失望了。萨拉看着最好的朋友脸上挂着愁苦的表情，便走到她的身旁，握着她的手。该说点掏心窝的话了。

“劳拉，你必须忘掉过去。你值得拥有幸福，但这必须靠你自己去创造。你 17 岁就遇见了文斯，那时你还小，不要为以前的事惩罚自己了，也别把它们当作借口。你现在有机会过上真正美好的生活，抓住机会，利用好它。”

萨拉坐回去，观察着自己的话在劳拉心里起到的作用。她也许是这世界上唯一能这样和劳拉谈话的人了，她下定决心要找回从前认识的那个劳拉，把她唤醒，就算动用武力也在所不惜。

“你知道我们当时都很喜欢文斯吗？”

劳拉不可置信地看着她。

“是真的，不只是你。他很帅，开着一辆飞车，抽‘寿百年’香烟。女生还需要什么？我们都觉得他最有魅力，可惜他选择了你。”

劳拉笑了。

“你的话总叫我无言以对。”

“但我说得没错吧？”

劳拉逐渐想开了，也许只要允许自己快乐起来，她的未来仍然充满了无限可能。

“那森夏恩呢？”她问道，“有什么建议吗？”

“和她聊聊。她有唐氏综合征，但她不傻。和她聊聊你的感受，再想想办法。还要告诉她，你约会的时候到底发生了什么，如果你不想告诉弗雷迪，她肯定会替你说的。”

劳拉摇摇头：“你说我们俩躲在橱柜里准没好事的时候，没听到他怎么说的吗？我们之间是不可能的。”

“哦，劳拉！你有时候可真笨。”劳拉听了，差点忍不住拿叉子刺进她的手背。

“你还记得男校的尼古拉斯·巴克吗？”

劳拉想起一个个子很高、臂膀健壮、满脸雀斑的男孩子，走路时拖着脚，鞋子都磨破了。

“他总在公车上拉我的头发，对我的愤怒熟视无睹。”

萨拉笑了：“他很害羞，那样做是因为喜欢你！”

劳拉又抱怨起来：“天啊！那时我们才五年级，不能谈恋爱。”

“你自己是这样想，但我觉得，你那时太迟钝了。好了，给我点一份布丁吧！”

萨拉在酒吧里打电话叫了辆出租车去车站。她们站在停车场等车的时候，劳拉感激地抱了抱她。

“谢谢你来看我，真抱歉让你为我的事操心。”

“别客气，”萨拉说道，“但说真的，这没什么，如果我有什么烦心事，你也会来看我的。”

“我才不去呢！”

这就是劳拉，总是藏在玩笑的背后，不愿接受赞美。但萨拉永远不会忘记，8 年前，劳拉坐在医院的病房里为她擦去泪水，那时，她的丈夫却在停车场里来回踱步，一边抽烟，一边哭泣。是劳拉在她生下第一个孩子后握着她的手，那是个珍贵的女孩，只是他们还没见面，那孩子便夭折了，而他们原本要给她取名为劳拉·简。

下午，劳拉找到森夏恩，她正坐在草坪对面的长椅上。

“我能坐下吗？”她问。

森夏恩笑了，那笑容温暖、包容，让劳拉顿觉羞愧。

“我想向你道歉。”她说。

“为什么？”

“因为我没有把你当好朋友对待。”

森夏恩沉思了片刻。

“你喜欢我吗？”

“喜欢，非常喜欢。”

“那你为什么躲起来？”她悲伤地问道。

劳拉长叹一声：“因为，这一切对我来说都是新的，住在这座房子里，面对那些失物，努力完成安东尼的遗愿。有时我的思绪混乱起来，需要一个人静静。”

“那你为什么不直接告诉我？”

劳拉朝她笑笑：“因为我有的时候会犯傻。”

“你会感到害怕吗？”

“有时候会的。”

森夏恩牵起她的手，她那胖胖的、软软的手指已经被冻僵了。劳拉把她从长椅上拉起来。

“我们一起去喝杯茶吧。”她提议道。

森夏恩笑着说：“有饼干吃吗？”

# 25

“我觉得它需要吃点儿饼干。”森夏恩轻抚着那只勒车犬的毛发说。它的双眼惊恐地盯着森夏恩，显然它以前挨过不少毒打。那些人打累了，就把它丢掉了。于是昨晚，弗雷迪便在帕多瓦外面的草坪边发现了它。当时下着大雨，它浑身湿透，在弗雷迪抱它进门的时候，它已无力挣扎。它被汽车撞了一下，尾部受了点伤，于是弗雷迪抱着裹在毛巾里瑟瑟发抖的小狗，让劳拉替它清理包扎。它什么也吃不下，只喝了一点儿水。劳拉坐在椅子上，一整晚时睡时醒，而小狗则裹着毯子在壁炉边躺着，一动不动。当冬日里第一道阳光透过安东尼书房的窗户射进来时，劳拉醒了，她脖子酸痛，抱怨蜷缩在椅子上不舒服地睡了一夜。壁炉里只有余烬，那只小狗仍然纹丝不动。

“上帝保佑……”她一边想着，一边俯下身观察小狗的呼吸，以证实上帝听到了自己的祈祷。听不到一点儿声音，看不到任何动作，然而，就在泪水夺眶而出的前一秒，毯子下面突然抽搐了一下。接着是深深的吸气声，之后便是响亮的呼噜声。于是，劳拉竟听着呼噜声，重新睡着了。

森夏恩今早过来的时候发现家里来了一位新客，高兴得手舞足蹈，这是劳拉头一次见她这么开心。大家哄小狗吃了一点儿鸡肉和一片黄油面包。森夏恩轻轻地抚摸着它的脑袋，决心把一切能得到的食物都喂给它吃。

“我们不能一次性给它吃太多，那样它会得胃病的。”劳拉在一旁提醒着。

森夏恩撇了撇嘴，以示反对。

“要不要给它喝点什么？”她期待地问道。劳拉知道，她只是想做些什么，让这只小狗赶快好起来，长胖点，长壮点，过得开心点。但有时候，什么也不做才是正确的选择，即使这很难。

“我觉得它只需要休息。”她对森夏恩说，“给它裹紧毯子，让它安静一会儿吧。”

森夏恩就这么一丝不苟地为小狗塞毯子塞了十分钟，最后劳拉忍不住过来劝她帮忙网站的事，她才离开。弗雷迪提早过来了，大家一起在书房里会面。

“那可怜的小伙计怎么样了？”

劳拉头也不抬，紧盯着屏幕。

“应该好点了。”

那段橱柜里发生的插曲过去后，弗雷迪和劳拉间的气氛一直尴尬不已。他走到壁炉前，俯身蹲在毯子旁，一双大而哀伤的眼睛望着他。弗雷迪伸过手去，让它嗅嗅，但小狗却误以为要挨打，本能地往后缩了一下。

“嘿，嘿，别怕！伙计，这里没人会伤害你的。我是那个把你抱回来的人。”

小狗听见他温柔的声音，小心地从毯子下面伸出头来，轻轻地闻了一下。森夏恩密切地观察着他们的一举一动，而后长吁一口气。

“它应该好好休息。”她责怪地说。

弗雷迪做举手投降状，起身来到桌前，看到劳拉正盯着电脑。

“你会把它留下吗？”

森夏恩不等劳拉说话，便抢先答道：

“那还不是板上钉钉的事，我们当然要把它留下来！它走丢了，你把它捡回来，我们不就是干这个的吗。”她的手举得老高，边说边挥舞着。理智比情感来得慢一点儿，等她回过神来，又加了一句，“我们可不能把它送走。”

她看看弗雷迪，又看看劳拉，想得到两人的肯定。弗雷迪朝她眨眨眼，笑起来。

“别担心，森夏恩。我觉得没有人愿意把它要回去的。”然后，他想起自己没什么话语权，便补充道，“当然了，最后还是得劳拉决定。”

劳拉望了一眼壁炉旁裹着毯子的小狗，还没意识到自从小狗进了家门，便迎来了安宁的生活。而从那一刻起，它就是劳拉的了。

“我们得给它起个名字。”她说。

森夏恩的思维总是超前且活跃。

“它的名字是胡萝卜。”

“是吗？”弗雷迪问道，“为什么？”

“因为它在夜里没看到车，就被车撞了。”

“然后呢？”弗雷迪接着问。

“吃胡萝卜可以让它在黑夜里看得更清楚。”

森夏恩像个到外国旅游的英国游客，一字一顿地回答。

森夏恩一边看着胡萝卜，一边监督劳拉沏茶。喝完茶后，弗雷迪到花园干活去了，劳拉和森夏恩重新回到网站的工作上来。劳拉开始了一项浩大的工程——将所有失物的信息上传到网络数据库。森夏恩穿梭于架子和抽屉之间，挑选要录入信息的失物。劳拉每输入一件失物的信息，就会在标签上贴一张星星贴纸，这是从邮局成袋买回来的，一共买了十袋，刚刚开始劳拉就有种预感，这些贴纸肯定不够用。森夏恩把失物放在桌上一字排开：一把镊子，一张扑克牌（梅花 K），一个塑料的士兵模型。最后，手里还留着一个友谊手链。

红黑相间的编织手链。

5 月 21 日，在福斯格林和梅特兰德路中间的地下通道捡到。

克洛伊刚刚咽了口水，便哇的一下呕吐起来。她弓着腰，以免弄脏了新鞋。她那羞耻而窘迫的声音在地下通道的水泥墙壁之间回响着。

大家都喜欢米歇尔先生，他是学校里最酷的老师。“男孩子都想变成他，女孩子都想和他在一起。”她的朋友昨天在走廊遇见他时，还对其赞不绝口。克洛伊却没随声附和，她现在恨不得离他越远越好。米歇尔先生（“叫我米歇尔吧，不叫我可不高兴了”）是音乐老师，一开始，他放什么音乐，她就跟着跳什么舞。他有种可以让人臣服的天赋，加上帅气的脸、无与伦比的魅力，总让人难以抗拒。克洛伊曾央求妈妈给她报米歇尔老师的私人声乐课，授课地点在他的家里。妈妈惊讶不已，女儿是个文静的乖乖女，喜欢参加大合唱，不喜欢站在舞台中央出风头。报名费虽然很贵，但或许妈妈觉得只要能让克洛伊更加自信，这钱就花得值。米歇尔老师的确出色，他很关心学生，不像其他老师，只是上课、拿钱、走人。

一开始，课堂上激情满满。他们久久地注视着彼此，他会向她的方向笑笑。她坚信，自己在他的心中占据着特殊的位置。在去第一堂课的路上，她心中忐忑不安，走到他家门前，她特意涂了粉色的唇彩，闪闪发亮，可最后还是擦掉了。上第三堂课时，老师叫她坐在他旁边弹钢琴。他的手放在她的大腿上，挑逗着。她觉得很别扭，像是大半夜抄近路去往幽暗的山谷。她知道这是不对的、危险的，但又觉得，仅仅一次没什么大碍。后来，他站在她身后，双手放在她的胸上，轻轻地爱抚着，说要检查她的呼吸节奏。那些幼稚的浪漫幻想，被他上下摸索的双手和吹进耳朵的热气打破了，眼前只剩肮脏的现实。那么，她为什么还要再去上课？即便发生了那样的事，她却又来了。她怎么能不来呢？她该对妈妈说什么？她和他一样地渴望着——这虽是米歇尔的一面之词，而她却被这句话将了一军——是啊，一开始，她不也是愿意的吗？

身体上的疼痛还未消失，脑海里不断出现的一幕幕画面更加剧了痛感。她也曾拒绝过，咆哮着抗拒过，但也许那声音是从脑海里发出的，而不是喉咙。她永远地失去了自己，不知是被夺取了身体，还是自己丢弃了它。她又擦擦嘴，这时候，那串友谊手链吸引了她的注意。那是他在第一节课下课后送给她的，他说，这是因为他们会成为非常特殊的朋友。她把手链从手腕上扯下来，丢到一旁。这一次，是她主动抛弃了手链。现在，她对此十分肯定。

森夏恩紧握着那条手链。劳拉并未注意到她皱起了眉头，她正注视着面前的屏幕，手指不停敲击着键盘。森夏恩伸出食指放在嘴上，提醒她小点声，以免吵醒胡萝卜，然后把那条手链扔进了火中。她继续在抽屉里翻找着，而架子高处的那个饼干盒，还在等待属于自己的那张星星贴纸。

# 26

“等那个安装工来了，要不要沏壶茶呢？”

劳拉心不在焉地点点头，正想着那棵巨大的圣诞树该放在哪里，那针叶撒得到处都是，树干也渐渐枯萎。弗雷迪坚信，根据自己的测量，只要把圣诞树放在正确的位置，就能保证树顶和天花板之间留出一英尺的距离来。为了赶在吵作一团之前证明自己的想法，他特意跑到小屋里拿来了金属支架。

那天早上，他们都在等人来装宽带。

“我们没法确定时间。”那个女客服对劳拉说，“大概在上午10时40分到下午3时15分之间。”

森夏恩看了一眼客厅的钟，或者说是看了一眼没被圣诞树挡住的地方。

劳拉终于教会森夏恩认表了，因此认表成了她当下的癖好。胡萝卜舒舒服服地躺在壁炉旁的窝里，好奇地看着大家忙里忙外。

看了一眼走廊里的大树，弗雷迪赶紧从书房取来了那个他带来的支架，在将客厅选作放置圣诞树的最佳场地后，和劳拉在森夏恩一惊一乍的指挥下，将圣诞树归位。这时，门铃响了，森夏恩跑去应门，留下弗雷迪和劳拉环抱着大树尴尬不已。

门前等候的那个人，有种不可一世的气势，可他既没有显赫的官衔，也没有俊朗的外形，更无深厚的学识和才能，他其实就是个没用的饭桶，一个身材矮小却自恃清高的饭桶。森夏恩虽无法确定，却能感觉到他的肤浅。

“你就是那个安装工吧？”她小心地问道。

那人没理会她。

“我来见劳拉。”

森夏恩看了一眼手表。

“你来得太早了，现在才上午10点钟。你的倒计时还没开始呢。”

那男子看着她，眼神和她上学时，叫着她的名字、把她推到操场上的同学很相似。

“你在瞎说些什么呢？我要见劳拉。”

他从森夏恩身边挤进客厅，看到劳拉和弗雷迪正抱着那棵树。森夏恩跟着他进来，脸上的不悦显而易见。

“安装工来了。”她说道，“他可不太友好。”

劳拉放下圣诞树。弗雷迪被突如其来的重量杀了个措手不及，大树一下子倒了下来，差点砸到那个不速之客。

“上帝，劳拉！你想干吗？杀了我吗？”

劳拉面对着他，目光笃定，脸色铁青。

“现在有点想了。”

那男子显然没料到劳拉会这么说，他的震惊让劳拉很享受。弗雷迪被事态的扭转吸引了，但仍然努力表现得漠不关心，而森夏恩则在思考，如果劳拉认识这个可怕的安装工，那她为什么要让他来帕多瓦，而且，她已下定决心，不会为他沏茶。最后，劳拉打破了僵局。

“你想怎样，文斯？”她叹了口气，“到厨房来。”

他跟着劳拉走出客厅，途中忍不住打量了弗雷迪一番，而弗雷迪则狠狠地瞪了他一眼。到了厨房，劳拉没招待他任何食物，只叫他赶紧解释为何出现在这里。

“连杯茶也不请我喝？”对这熟悉的油腔滑调，劳拉在新婚时听了太多，他想要的才不是一杯茶。一想到这里，劳拉不禁颤抖起来。毫无疑问，萨琳娜已经看透了文斯，劳拉差点可怜起她来。

“文斯，你怎么到这儿来了？到底想要怎样？”

一丝笑意掠过文斯的脸颊，他想用这笑容吸引劳拉，却适得其反。

“我希望我们能做朋友。”

劳拉笑出了声。

“真的。”他继续说，话里满是渴求的语气。

“萨琳娜怎么办？”

他坐下来，手捂着脸。看来又要上演一出好戏了，劳拉差点就要拿芥末招待文斯了。

“我们分手了，我没法像爱你一样爱她。”

“她可真幸运，是她把你甩了吗？”

文斯还不想放弃。

“劳拉，我从没停止过爱你。”

“怎么，就连和萨琳娜在一起的时候都爱着我？”

文斯站起来，想牵劳拉的手。

“我和她之间只有性。我从没停止过思念你，我想回到你身边。”

劳拉不可置信地摇摇头。

“奇怪了，你之前怎么从没想过联系我？生日卡片没送过，圣诞贺卡也没有，一个电话都不打。你说说，文斯，这是为什么？为什么现在联系我？我猜，肯定和我继承这座房子一点儿关系都没有吧？”

文斯重新坐下，想理出一个有说服力的论点。对他来说，劳拉太过聪明，即使还是小女孩的时候，也骗不过她。那时候，他很爱她，虽然知道自己配不上劳拉的学识和修养，却仍能想办法虏获她的芳心。劳拉长大后，和他更相称了，但并没有夫妻间的默契相投。她指出他的过错，他却将错就错，故意激怒她。这是他唯一的自卫方式。萨琳娜倒是不在意他把手肘放在桌上，用完马桶不盖盖，至少一开始没注意过。

劳拉十分平静地等待着他的回答，而这份平静却激怒了他，礼貌的面具终于从他的脸上卸下，丑陋的原形显露出来。

“我听说你和格雷厄姆约会了。你永远都是个贱货。”他恶语相向。

来之前，他暗自下定决心，绝不发脾气。他要让这个目中无人的女人看清楚，他不比她差。但劳拉不需要刻意表演，也能把他镇住。她本来就比他有魄力。

最后，劳拉实在忍不住了，拿起手边最近的东西——一盒牛奶，朝文斯丑恶的脸扔去。打偏了，正中他的胸膛，变质的牛奶洒了一身，脏了他的 Polo 衫和昂贵的绒面夹克。劳拉继续寻找着可以扔的东西，这时厨房门开了。弗雷迪走了进来。

“没事吧？”

她极不情愿地把洗手液砰的一声放回沥水板上。

“嗯，没事，文斯正要走呢，对吧？”

文斯箭步掠过弗雷迪，走到客厅。森夏恩还在犹豫不决地徘徊踱步。他转过身，利用最后一次机会，辱骂道：

“希望你在大房子里，在弱智朋友和玩偶的陪伴下，生活愉快。”

森夏恩褪去了软弱的孩子气，勇敢地回击道：

“我不是弱智！”

弗雷迪也不甘落后。

“谁敢对我的女朋友这么无礼，赶紧滚，不许再来！”

文斯永远学不会在该闭嘴的时候闭嘴。

“不然呢？”

话音刚落，文斯就躺在了地上，捂着流血的鼻子，挣扎着摆脱带刺的圣诞树。他站起来，冲向大门，不停地破口大骂，说什么要报警，还要打官司。他关门的时候，胡萝卜从书房门后探出头来，朝着文斯消失的方向大叫了一声。三个人惊讶地望向小狗。这是它来到帕多瓦之后，第一次叫出声来。

“干得好，伙计！”弗雷迪俯下身来摸摸胡萝卜的耳朵，“你把他吓走了。”

门铃响了，胡萝卜又跑回书房。弗雷迪气鼓鼓地穿过客厅，忽地打开大门，却迎来一个满脸惊异的年轻人，他的脖子上挂着一个塑料工作证，手里提着黑色的工具箱。

“我是李。”他晃晃工牌说道，“我是来装宽带的。”

弗雷迪欠身让他进门，劳拉引着他穿过倒在地上的圣诞树，来到书房里。耳朵灵敏的胡萝卜闻声从里面跑了出来。森夏恩跟在他们后面，努力思考着，理不出个头绪来。最后她的眼睛滴溜儿一转，大声喊道：

“你是那个安装工！”她看看表，说，“这次时间对了。”

李尴尬地笑笑，不知该说什么。他做过千奇百怪的工作，而这份工作和那些旧活也相差无几。

“要不要我沏茶来喝？”

笑容在年轻男子的脸上舒展开来，看来这份工作不会太糟糕。

“我想喝咖啡，可以吗？”

森夏恩摇摇头。

“我不泡咖啡，只沏茶。”

李打开了工具箱，心想，还是赶紧干完活离开为好。

“当然可以喝咖啡了，”劳拉匆忙插话，“你想怎么喝？好了，森夏恩，这次我来泡，你在旁边看着，下次你就知道怎么泡了。”

森夏恩思考片刻，想起了文斯走前放过的狠话，于是答应了。

“那等警察来了，我也可以给他们煮咖啡喝了。”

# 27

“一想到你……”

歌声把劳拉从睡梦中唤醒，不过那歌声究竟是在梦里听见的，还是从楼下花房传来的，她也不确定。她一动不动地蜷缩在被窝里，仔细听着，却什么也听不到。于是，她恋恋不舍地离开棉被，被充满花香的冷气裹挟着，赶紧穿上家居服，走到窗前，打开窗帘。突然，她看见了一个鬼魂。劳拉透过结霜的玻璃向外望去，不敢相信自己的眼睛，她看到黑影一闪，看着像个人，如蜘蛛网一般在玫瑰丛中随寒风摇摆。劳拉使劲摇摇头，定睛一看，却什么也没有。她已然失去理智，大脑被幻象占据。这一切，皆因文斯的出现，让她惶惶不安。他在劳拉崭新的美好生活里踩上了肮脏的脚印。但他已经走了，不会回来了，劳拉在心里鼓励着自己。一想到泼在他衣服上的牛奶，以及他从圣诞树枝杈下爬出来时，像缩头乌龟似的惊恐万分，劳拉便忍不住笑起来。不过，还有一件事令她不安，那就是弗雷迪，他说她是“他的女朋友”。当时，劳拉感到万分庆幸，但现在她连想都不敢想。还是喝杯茶吧。

楼下圣诞树的松针味飘散至各个房间，清香扑鼻。树上挂满了晶晶亮的彩带、彩球和各种装饰物，这些都是劳拉在阁楼的一个箱子里找到的。以前，安东尼总是在圣诞节装饰圣诞树，但是他向来节俭，用不上这些装饰品。劳拉往面包机里放了两片面包，倒了一杯茶。厨房里的声音终于将胡萝卜从书房壁炉旁的小窝里吸引过来，它坐在劳拉脚边，等待着面包和煎蛋。虽然大家想尽办法喂它吃东西，可弗雷迪还是不满意，说它“只是毛厚了一层而已”。不过胡萝卜的状态已大有改善，生活已不再是严酷的考验，而变成了有趣的冒险。

今天，森夏恩和妈妈一起去采购圣诞用品，弗雷迪则去斯劳看望姐姐一家。他告诉劳拉，节前拜访只为维持好弟弟的形象，但还要准备慷慨的礼物（最好是现金）给那不知感恩的外甥女和不守礼节的外甥。劳拉倒掉茶杯里的水，搓掉手指上的面包屑，也许独处一整天也是好的。况且，还有胡萝卜陪着，它正把头搁在她的腿上休息呢。在结了霜的花园里遛了一圈后，胡萝卜松了松筋骨。劳拉也证实了那里并没有妖魔鬼怪，于是她回到书房，把火生得更旺些。胡萝卜回到小窝里，满足地长舒一口气。她从架子上拿下来一个盒子，把里面的东西拿出来放在桌上。这时，笔记本电脑哔的一声亮了起来，汇集了无数虚拟物品的“失物集合站”上线了。劳拉拿起面前的一件物品。

儿童雨伞，白底红心。

4 月 17 日，在纽约中央公园的爱丽丝梦游仙境雕塑前捡到。

马文喜欢忙碌的感觉，否则悲观的想法便像一群蚂蚁蚕食一只死鸟般，让人头痛欲裂。医生开的药有时起效，有时无效。第一次生病时，他用棉球堵住耳朵，屏住呼吸，紧闭着双眼和嘴。他以为，只要堵住七窍，那些想法就无处可入。但他还得呼吸，不管嘴张得多小，那些可怕的想法总能见缝插针地钻进来。但忙碌可以打消它们，噪音也可以。

马文是个修伞工，他到纽约地铁失物处，把垃圾箱里的废旧雨伞拿走，回到阴冷的家里把它们修好。

现在还未下雨，不过预报有雨。马文喜欢雨，它能洗净大地，让一切光洁起来，让草地如天堂般清香四溢。乌云遮住了蓝天，快要下雨了。马文是个大高个，他走在第五大道上，沉重的靴子笃笃地敲击着地面，他那长长的灰色外套随风翻摆着，一头狂野的黑色发绺上结着灰色的霜，双眼却来回转动，像一匹不安分的野马。

“免费送雨伞喽！”

中央公园是他最喜欢的工作场所。从第七十二大道拐进来，他往人工湖那边走去。他爱看湖上的游艇像天鹅般划水而过。划船的季节刚刚开始，一艘大船不顾即将到来的大雨，驶出岸边。马文通常会到爱丽丝梦游仙境雕塑那里去，在那儿玩耍的孩子不像成年人那样介意他的存在。不过今天，这里一个人也没有。马文把装着雨伞的包放在雕塑的小蘑菇旁，这时，第一滴雨落在那光滑的铜色菌盖上。

“免费送雨伞喽！”

他深沉的嗓音像雷声般穿透雨水。路人行色匆匆，看到他递出雨伞的手，都将视线移开，不予理会。他总是想不通，只是想做点好事，况且这些雨伞是免费的，为什么人们总是对他避之唯恐不及，像躲避鬼魂似的？不过，他仍坚守着阵地不愿离去。

“免费送雨伞喽！”

一个踩着滑板的少年停在他面前。男孩穿着 T 恤、牛仔裤和棒球鞋，浑身湿透，不过脸上依然挂着明媚的笑容，他接过马文递来的那把伞，同他击掌道谢。

“多谢，伙计！”

他踩着滑板滑过水洼，溅起层层水花，手里还握着一把大大的粉色伞。

雨势减小，毛毛雨稀稀拉拉地落着，公园里的人不再疾走，脚步慢了下来。过了一会儿，马文注意到一个穿着红色雨衣的小女孩，她缺了一颗门牙，鼻子上长着雀斑。

“你好。”她说，“我叫爱丽丝，和这座雕塑的名字一样。”她用手指着那座雕塑。马文蹲下来，以便可以更好地看着小姑娘，并向她伸出手来。

“我是马文，很高兴认识你。”

她是英国人，马文在电视上听过这种口音。他一直觉得英国是个好地方，那里总下雨。

“你在这儿啊,爱丽丝！我不是告诉过你不要和陌生人说话吗？”

迎面走来的女人警惕地看着他，好像他会吃人似的。

“他不是陌生人，他叫马文。”

马文露出灿烂的笑容，从包里拿出一把最好的雨伞递给那女子。

“免费的雨伞。”

女子不理会他，转而抓起爱丽丝的手就走。“废物。”在她眼里，他就是废物。马文的脸忽然烫起来，脖子上的头发扎得他生疼，双耳也开始嗡嗡作响。他不是废物。

“拿走！”他吼道，把雨伞硬塞给她。

“别碰我，呆子！”她轻蔑地说，然后拉着泪流满面的爱丽丝转身离开。等妈妈的手松开后，爱丽丝立马挣脱开来，跑回雕塑前。

“马文！”她大喊着，只想对刚刚发生的一切亡羊补牢。这时，两人的视线交汇了，爱丽丝赶在被妈妈拽回去之前，朝他抛去一个飞吻。他收到了。回家之前，马文将一把白底红心的雨伞立在白兔子雕像上，这样小姑娘再来，就可以把伞拿走了。

劳拉打了个哈欠，靠在椅子上。她看了看表，原来已在电脑屏幕前坐了三个小时，今天的任务早已完成，她得透透气。

“走吧，胡萝卜。”她说道，“我们去散散步。”

外面的天空灰蒙蒙的。

“可能要下雨了，”她对不愿返回的胡萝卜说，“我们需要一把伞。”

# 28

餐厅布置得和童话故事里的一模一样，桌子上盖着雪白的亚麻桌布，上面放着纸巾。银餐具和透明玻璃杯在烛台的光照下晶莹透亮。这是劳拉成为帕多瓦的女主人后，度过的第一个圣诞节，她要让这座房子焕发生机。这样，那些不讨喜的想法就不会像是从厨房墙壁的裂缝里潜入的蚂蚁一样，扰乱她的大脑了。只不过她无法摆脱一个念头，那就是这座房子原先的女主人未曾离开。她把银白色的核桃钳从纸箱里拿出来，在每张纸巾上放一把。

那天早上，天还未亮，她便察觉到卧室里发生了某种变化。就像小时候过圣诞节，放在床脚的袜子，睡觉的时候是空的，一觉醒来就满了。现在，她察觉到发生了的变化。她光脚走到窗前，感觉脚下踩到了什么东西，不是地毯，是种柔软又坚硬、锋利又平滑的东西。借着清晨的微光，她清楚地看到梳妆台的抽屉开着，里面的东西散落在地上。

劳拉捡起一只红酒杯，擦了擦。森夏恩和她的父母要来吃圣诞大餐。她的哥哥也受到了邀请，但他并不感兴趣。弗雷迪也要来。

她一开始不确定要不要问他，后来在萨拉的鼓励下，她发出了邀请。他回答“好的”。之后，劳拉便苦思冥想他接受邀请的原因。她理出了很多可能的缘故。比如，他没想到会受到邀请，情急之下就答应了；或者他很孤独；想吃火鸡但不会做；无处可去；再有就是可怜她。然而，她最不愿接受的理由却是最简单也最让她紧张的——因为他想来。

也许她是在梦游。这不算是偷窃，因为没有丢东西。昨天劳拉看到森夏恩在花房里随着艾尔·鲍利的歌起舞。

“是你把音乐打开的？”

森夏恩摇了摇头。

“我来跳舞的时候，音乐已经打开了。”

劳拉相信森夏恩不会说谎。

“做好了！”森夏恩冲向餐厅，看了看钟表。她做了肉饼，现在厨房里满是粉尘和糖霜。劳拉跟在森夏恩后面，看着她一步一跳地返回厨房，而劳拉则从烤箱里拿出了馅饼。

“闻着很香。”她说。森夏恩自豪又害羞地红了脸。

“来得正好。”弗雷迪说着，从后门进来，带来一股冷气，“可以一边喝茶一边吃馅饼了。”

大家围着桌子坐下，喝着茶，边扇风边吃着有点烫口的馅饼，弗雷迪若有所思地望着劳拉。

“怎么了？”他问道。

“没什么。”她的回答像是条件反射。

弗雷迪瞪大双眼。森夏恩放下肉饼，嘴里塞得满满地说：

“你撒谎。”

弗雷迪笑出了声。

“这个判断力我给满分！”

他们期待地看着劳拉。于是劳拉不再隐瞒，梳妆台打开的抽屉，随意播放的音乐和玫瑰园里的人影。可森夏恩听完却毫不意外。

“就是那位女士做的。”她说，好像这是再明显不过的事。

“是哪位女士？”弗雷迪紧盯着劳拉问道。

“圣人安东尼的未婚妻——花之女。”她又拿了一块肉饼，放在桌下给胡萝卜吃。弗雷迪眨眨眼睛，悄悄地说：“我见过。”森夏恩差点笑出来。

“但安东尼已经走了，她怎么还在这儿？”话音刚落，劳拉便为自己相信魂魄会留在房子里的说法感到惊讶。

“是啊，为什么她还在这里扰乱大家的安宁？我们都已经给她举行过婚礼了！”劳拉不知道弗雷迪是开玩笑还是认真的。

森夏恩耸耸肩说：“她不高兴了。”

虽然劳拉满心疑问，但此刻她的胃里像翻滚的彩票机一样难受。

圣诞的清晨，阳光明媚，劳拉在花园里遛狗的时候，神清气爽。

平安夜已经安稳地过去了，她还去教堂做了子夜弥撒，同上帝说了几句话，也许会有帮助。劳拉并不经常和上帝对话，但他仍然存在于她圣诞卡片的祝词里。

那天森夏恩和她的爸爸妈妈 12 点准时到达。

“森夏恩八岁那会儿就想来这儿了。”她妈妈边脱外套边对劳拉说，“要不是我们拦着，她早就跑这儿来吃早饭了。”

劳拉把两人介绍给弗雷迪：“这是斯特拉和斯坦。”

“我们管自己叫‘双斯夫妇’。”斯特拉笑着说，“谢谢你好心邀请我们。”

斯坦笑着将一束一品红、一瓶卡瓦酒塞到劳拉手里。

“过圣诞，没有比来一杯卡瓦酒更惬意的了。”斯特拉说道，对着大厅里的镜子整理了一下连衣裙和头发。森夏恩自豪地带着他们参观这座房子时，他们不时地惊呼赞叹。厨房里，弗雷迪正在搅拌肉汁、烤土豆、煮甘蓝，喝着伏特加和马提尼。他执意要在厨房帮忙，以表受邀之谢意。他朝劳拉举起酒杯。

“如果他们是双斯夫妇，我就是 007。”

圣诞晚餐如想象中一样丰盛美味，像童话故事里的银白色餐具光彩闪耀，大家吃饱喝足，谈笑风生。胡萝卜在桌下，哪只手伸来喂食，它就把头凑到哪儿去。原来，斯特拉参加了一个读书俱乐部，还学了弗拉明戈舞；斯坦则是酒吧的飞镖队员，他们队在联盟排名第二，后面有三场比赛，大家都铆足了劲要夺冠。但斯坦真正的爱好是音乐。让弗雷迪喜出望外的是，两人对各个流派都来者不拒，从大卫·鲍威、艺术辣椒，到宣告者、埃塔·詹姆斯。因而，森夏恩对音乐和舞蹈的喜爱也不足为奇了。

劳拉、森夏恩和斯特拉一起收拾完桌子，便开始清扫硝烟过后的厨房战场。弗雷迪和斯坦像舒芙蕾一样瘫软在椅子上。

“这是我这几年吃过的最好的圣诞晚餐。”斯坦揉揉肚子说，“这话可别对我老婆说！”他冲弗雷迪挤眉弄眼。

胡萝卜从桌子下走出来，在弗雷迪身旁心满意足地睡着了。弗雷迪给斯坦倒了一杯威士忌。

“你说，当火车司机是不是和听上去一样酷？听说，每个男孩都有这么一个梦想？”

斯坦晃动着酒杯，嗅着飘出来的香气。

“大多数时候是。”他回答，“有时候，我觉得我是世界上最幸运的人，不过刚开始的时候也不是没想过辞职。”

他喝了一口酒，回忆起一段曾竭力想要忘却的故事。

“我当时刚开了几个星期，有一天最后一班车，天又黑又冷，我盼着吃晚饭，走神了，结果，撞上了一个女子，场面惨不忍睹。”

他又喝了一口，这次是一大口。

“报纸上都登出来了。他们说她出事前就生病了，精神紧张。

当时天寒地冻的，她就站在那儿，像是专等着我开车撞她。我羞愧难当。她有个孩子，是个女孩，可爱极了，报纸上还登出了照片。”

“天哪！斯坦，真对不起让你想起这些。”

斯坦喝光了杯中的酒，重重地放在桌上。

“我喝多了，”他说，“爱说胡话。都是很久以前的事了，谢谢上帝，斯特拉苦苦劝我继续工作，最后我答应了。”他们静静坐着，短暂的沉默后，斯坦又说道，“千万别和森夏恩说，我没告诉过她。”

“不会的。”

胡萝卜的耳朵随着大厅的脚步声抖动起来。森夏恩端着一个托盘走了进来，劳拉和斯特拉也来了。她把盘子放在桌上。

“现在是喝茶、吃肉饼的时间。”她说完，手指向摞得高高的盘子。

“然后，一起玩纸牌。”

玩到一半，森夏恩突然想起有件事要告诉爸妈。

“弗雷迪的床上功夫糟透了。”

弗雷迪差点喷出嘴里的威士忌，斯特拉却泰然自若。

“你怎么会知道这些？”

“费莉希蒂告诉我的，她是弗雷迪的女朋友。”

“前女友！”弗雷迪吼道。

斯坦笑得浑身发抖，弗雷迪更窘迫了，但森夏恩面不改色。

“床上功夫差……是什么意思？”

“就是不会接吻。”劳拉不假思索地脱口而出。

“也许你应该多加练习，熟能生巧。”森夏恩善意地说着，拍了拍弗雷迪的手。

森夏恩和双斯夫妇回家后，帕多瓦陷入了一阵安静。劳拉头晕眼花，不知是兴奋还是害怕，是酒精的作用，她对自己说。弗雷迪从花房出来，牵起她的手。

“跟我来。”

花房里亮着几十支蜡烛，冰桶里放着一杯香槟，旁边放着两只玻璃杯。

“你愿意和我跳舞吗？”弗雷迪问。

当他将唱针放在唱片上时，劳拉再次向上帝祈祷着：

“千万，千万不要是艾尔·鲍利。”

在弗雷迪的臂弯里，她多希望艾拉·费兹杰罗的《注视着我的人》能多几句歌词。弗雷迪抬起头，劳拉跟随他的视线望向他挂在吊灯上的槲寄生。

“熟能生巧。”他轻轻说。

他们拥吻的时候，特蕾兹的照片无声地碎成闪耀的玻璃碎片。

# 29

## 尤妮斯

1989 年

餐边柜上摆着几张照片，是为了让戈弗雷时刻记着家人，但他时不时还是会忘。邦勃、尤妮斯和宝贝简来到洒满阳光的客厅里，看到戈弗雷正要拿钱包。

“给我在开普敦赛马场 2 时 45 分举行的比赛上押 10 镑。”

格蕾丝深情地拍了拍他的手。

“亲爱的戈弗雷，我是邦勃，你的儿子。”

戈弗雷从眼镜上方看了他一眼，又摇摇头。

“胡说！我还能不认得我自己的儿子？虽然我记不住他的名字了，不过我记得他是我的赌注登记经纪人。”

尤妮斯看到泪水渐渐涌上邦勃的眼眶。他想起自己无数次在严格的指示下帮父亲下注的情景。“别告诉你妈妈。”他总这样说。尤妮斯轻轻挽起戈弗雷的胳膊。

“你的家真漂亮，今天天气又好，你能不能带我到花园里转转？”

戈弗雷会心一笑。

“荣幸至极，女士，还可以遛遛狗，”他略带困惑地看了一眼宝贝简说，“不过，老实说，我都快忘了我还养狗呢！”

戈弗雷戴上格蕾丝递来的帽子。

“走吧，邦勃，”他对宝贝简说，“松松筋骨去！”

不知道宝贝简听到有人把它和别人的名字搞混，会不会生气，好在它没发泄出来。可邦勃就没这么容易藏起自己的悲伤了。

“别气馁，亲爱的，他还把我当成玛丽安娜·菲斯福尔呢！”

邦勃无奈地笑了。

“好了，老妈，我们还是跟着他们吧，以防万一。”

一架飞机飞过蔚蓝的天空，留下一道动物脊椎似的痕迹。快乐之家养老院里并没有快乐，有几个宽阔美丽的花园供人娱乐。格蕾丝和戈弗雷三个月前搬到这里，也是因为戈弗雷的记忆越发糟糕，格蕾丝无法独自应对。他像一艘船，有时会回到真实世界的岸上停留，但大多数时候都是一个猛子扎到水里，任记忆随之远游。快乐之家是个温馨的港湾，在这里，他们有各自的房间，必要时还能得到及时的帮助。

尤妮斯搀扶着戈弗雷在阳光下漫步，向每一个迎面而来的路人致以微笑的问候。宝贝简跑到前面，又停下来看看，戈弗雷摇了摇头说：

“如果这只小狗能学会抬腿就好了，那以后就能采花唱曲了。”

他们在一个鱼塘旁的木椅上坐下休息。宝贝简站在池塘边，看着金色、银色的锦鲤游来游去，期盼着一顿美餐。

“想都别想。”尤妮斯警告它，“那可不是寿司。”

格蕾丝和邦勃赶上他们的时候，戈弗雷正和尤妮斯聊着其他的老人。

“我们这儿有米克·贾格尔（歌手）、彼得·乌斯蒂诺夫（演员）、哈罗德·威尔逊（政治家）、安吉拉·瑞彭（歌手）、猫王、乔吉·威瑟斯（演员），还有约翰逊——原来是斯坦利大街上洗衣店的老板。你能猜出我每天醒来，第一个见到的人是谁吗？”

尤妮斯兴奋地摇摇头。戈弗雷顿了顿，伤心地摇摇头说：

“我也不知道，刚才还记得，现在忘了。”

“你告诉过我，是玛丽安娜·菲斯福尔。”格蕾丝提醒道。戈弗雷哈哈大笑。

“我想起来了。”他朝邦勃挤眉弄眼地说，“对了，你帮我下注了吗？”

还没等邦勃回答，尤妮斯便将戈弗雷的注意力转移到远处的一个人身上。那人戴着大墨镜，穿着恨天高，向着这边走来。

“我的妈呀！”邦勃抱怨道，“她又想干什么！”

波西娅走了好一会儿才穿过草坪来到他们面前，看到她摇摇晃晃的身影，尤妮斯暗自偷笑。宝贝简跳到戈弗雷的腿上，随时待命。戈弗雷呆呆地望着波西娅，好像没认出她来。

“妈妈好！爸爸好！”波西娅毫无热情地说。戈弗雷扭头向后望去，以为她在和别人说话。

“波西娅，”邦勃轻声说道，“他有时候记不清……”还没等他说完，波西娅便一屁股坐在戈弗雷身旁，想要握住他的手。宝贝简吼了一声，吓了她一跳。

“哦，怎么又是这只破狗！”

戈弗雷赶紧护着宝贝简。

“不许对我的狗这么说话。姑娘，你是谁呀？赶紧离开这里，让我们安静一会儿吧！”

波西娅脸色铁青。她从伦敦开车过来，带着宿醉的头痛，开了20 英里，途中三次迷路，为此还错过了夏洛特举办的早午餐宴会。

“别装傻，老爸，你最清楚不过，我是你女儿。就因为我不像你那破宝贝儿子和他失恋的助手一样，每过五分钟夸你一次，你就不认识我了？”

戈弗雷无动于衷。

“姑娘，”他看着波西娅气得通红的脸说，“你肯定是在外面晒了太久，没戴帽子，把脑子都晒糊了。我的女儿可不会这样说话，这样做事。还有，他是我的赌注经纪人。”

“那她呢？”波西娅嘲讽地指了指尤妮斯。

戈弗雷笑了：“这是玛丽安娜·菲斯福尔。”

格蕾丝把波西娅劝去喝了一杯。邦勃、尤妮斯、戈弗雷和宝贝简继续在花园里散步。一棵苹果树下放着一张桌子，上面摆着茶具，一个优雅的老太太坐在那儿，端着茶杯和茶托喝茶。一个年轻的姑娘坐在旁边，吃着柠檬馅饼。

“我最喜欢她们的样子了。”尤妮斯说。他们走过时，两人和大家打了个招呼，问：“你们要不要来一点儿？”他们把玻璃蛋糕架往前推了推。邦勃和尤妮斯拒绝了，戈弗雷尝了几口。宝贝简露出沮丧的神情。那老太太笑着对同伴说：“伊莉莎，你落下了一个客人。”最后，宝贝简得到了两块蛋糕。

回到大厅，他们只看到格蕾丝一人。

“波西娅哪儿去了？”邦勃问。

“准是回伦敦了。”格蕾丝说，“我劝她了，但是……”格蕾丝失落地耸耸肩。

“我想不明白，她怎么能这么张狂。”

格蕾丝瞥了一眼正和尤妮斯聊天的戈弗雷，以免被他听到后面的谈话。

“我觉得我知道原因了。”格蕾丝拉着邦勃走到沙发前。

“她小时候是爸爸的乖乖女，现在其实也是。你姐姐有很多钱，所以一直这么孩子气，不愿承担责任。她粗鲁、自私、为所欲为。现在，也许是她第一次遇到钱解决不了的事——她的父亲不认识她了，她没办法了。刚才她走的时候，流着眼泪，骂你爸爸是个老糊涂。”

邦勃抱了抱母亲。

“别担心，妈，你还有个破宝贝儿子呢。”

他们离开时，戈弗雷把尤妮斯叫到跟前。

“跟你说句悄悄话。”他挤眉弄眼地看着她，压低了声音，“我能不知道她是我女儿吗？得这个病也有好处，别人惹我生气了，我就假装不认识他！”

# 30

用森夏恩的话说，劳拉留弗雷迪过了一夜。但事实并非如此，他们确实在一起过了一夜，但什么也没发生。只是睡在一张床上，而非同床而睡，劳拉一边想，一边为语言的微妙感到好笑。

圣诞夜，她和弗雷迪一起跳舞、喝香槟、谈天说地。她把过去的学业、盘垫，以及文斯的故事讲给弗雷迪听。弗雷迪也聊起自己的前未婚妻——招聘顾问希瑟对婚姻和生育充满渴望，但当时的弗雷迪对两者毫无兴趣，至少不想和希瑟结婚生子。后来，他卖掉了他的IT咨询公司，成了一名园丁，这便成为他们分手的导火线。最后，劳拉和他讲了格雷厄姆和那场可怕的约会，又犹豫了一会儿，借着酒意，讲了那个糟糕的吻。

他笑了起来。

“至少你没冲到楼上去漱口。”

劳拉前倾着身子，轻吻着他的嘴唇。

“我希望你留下那条裙子。”

之后，弗雷迪和她聊起他和费莉希蒂的事。他在一户人家里做了几年园丁，女主人办了一次相亲会，她拍着胸脯保证，两人必定一拍即合，可结果并不理想，但费莉希蒂是女主人的好友，于是弗雷迪一边计划着怎么脱身，一边和费莉希蒂约会。

“有天晚上，我实在受不了她大呼小叫，就放她鸽子了。我知道这样不好，但很有效果。我被那家人辞退了，但是值得。”

终于，弗雷迪和劳拉聊到无话可说了，便相拥着舒服地睡着了，如同蓓蕾的花瓣一样蜷缩在彼此身边。

他们睡在特蕾兹房间旁边的客房里。劳拉发现抽屉被掏空放在地上的那一天，便把东西都挪到了隔壁。她并不是害怕，或者说有那么一丁点儿。她总觉得家里有个魂魄，或者说是不速之客在游荡。有时候丢一只勺子，一条桌腿突然变短，一瓶香槟漏了气。帕多瓦弥漫着一丝不和谐的气息，劳拉不知如何恢复往日的平静。胡萝卜从不到特蕾兹的房间里去，不过它在圣诞夜愉快地逃离自己的小窝，跑到弗雷迪和劳拉的床上睡着了。

森夏恩发现“弗雷迪夜宿”的事后，便询问起细节来。弗雷迪穿了谁的睡衣；没有牙刷，他怎么刷牙；有没有打呼噜；有没有接吻；等等。弗雷迪说自己穿着劳拉的睡衣，用香皂和毛巾刷了牙，他不打呼噜，不过劳拉的呼噜声倒是震得窗玻璃直响。没错，他们接吻了。森夏恩又问，弗雷迪现在的吻技有没有进步，他说他一直在学习。

劳拉从没见过森夏恩笑得如此开心，不过，其中的话她能相信多少，就不得而知了。然而，等她回了家，会和家人讲多少，可是一点儿也不难猜。

新年夜，时间还早。从客房的窗子能望到玫瑰园，不过今早的大雨模糊了视线。弗雷迪会晚一些来。今晚，他们要一起去酒吧庆祝。与此同时，劳拉却抵挡不住书房对她的吸引力。带着足够的面包和茶水，劳拉和胡萝卜走进书房，生起了火。她从架子上拿下一个小盒子，把里面的东西放在桌上。外面的雨更大了，雨声稀里哗啦，火声毕毕剥剥，不相上下。劳拉拿着一个不知名的物件，看过标签，还是不知其来源和用途。

木屋，门窗都是画上去的，门牌号 32 号。

10 月 23 日，在玛丽大街 32 号外捡到。

艾德娜盯着那年轻男子的证件。他说他是自来水公司的，来检查管道，是例行拜访，确保冬天之前管道正常。艾德娜已经 78 岁了，得戴着老花镜才能看清楚。她的儿子大卫经常对她说，陌生人造访，不要轻易开门——“确认对方是谁之前，不要放下门链。”问题是，拴着门链，门只能开一条小缝，她离那证件太远，戴着眼镜也看不清楚。那男子耐心地笑着，他的样子像个好人，穿着整洁的工装，右侧胸兜上别着徽章，手里提着黑色塑料工具箱。证件卡上有一张照片，和他很像，她便打开了门。

她不希望对方以为她是个又笨又无助的老太太。

“要不要喝杯茶？”她问。

他感激地笑了。

“你人真好，我正好渴了，上次喝水还是早上 7 点钟。一杯牛奶、两块糖就解决了。”

她引着男子到楼下的卫生间，又去楼上的浴室和晾衣房看了看，水箱就在那里。到了厨房，她把水壶放在橱柜上，一边等着水烧开，一边望着后花园。艾德娜在这里住了 60 年。她和泰德婚后搬到这里，孩子们也出生在这儿，大卫和姐姐戴安长大离开家后，他们便买下了这座房子。当然，现在买的话是负担不起的。这里只剩艾德娜了，房子是一点一点装潢起来的，价格也变得越来越高。这些天，街上到处是青年才俊开着豪车飞快驶过。不像过去，孩子们在街上玩耍，各家各户都彼此相熟。

男子来到厨房时，艾德娜正在倒茶。

“真好喝。”他一饮而尽，好像赶时间似的。

“楼上一切都好。”

他迅速看了一眼水池下面，然后把茶杯冲洗干净。艾德娜很欣慰，这个人和大卫一样，是个好孩子。他的母亲一定教子有方。

那天下午，门铃又响了。以前从未有一天接待两个客人的情况。门缝里出现了一个身材矮小、穿着精干的非裔女子，有60多岁。她穿着一套海军蓝西装，衬衫洁白如雪。她的一头鬈发上戴着一顶海军蓝帽子，帽檐上有一张网，遮住了半张脸。还没等说话，那女子膝下一软，抓着门框，险些摔倒。片刻后，她坐在艾德娜的客厅里，用手扇着风，操着牙买加口音一个劲儿地道歉。

“实在对不起，亲爱的，我总这样，医生说是因为血糖太低。”她前倾着身体，又险些摔倒，好不容易才坐稳了。

“真不好意思，麻烦你。”

艾德娜摆摆手，叫她别客气。

“你得喝一杯甜甜的热茶。”她一面说，一面把壶灌满。其实，她很乐意有人陪伴。那女子说她是修女露比，正挨家挨户敲门，为人们做心灵解读、疏导。她告诉艾德娜，她会看手相、读牌、读水晶咒语，还会奥比巫术、下咒。艾德娜对此一窍不通，但她很迷恋算命师这类人，心底是个迷信的人。在她家里，新鞋从不放在桌上，雨伞不在屋内打开，人不能一步跨两层台阶。她的爱尔兰祖母曾用茶叶为邻居算命，还有一个姑妈以读水晶球咒语为生。喝了茶后，修女露比缓过神来，提议看看艾德娜的手相，艾德娜欣然接受。露比接过艾德娜的手，手掌向上，又换过另一只手，反复几次，然后盯着她手上的纹路，研究了一分钟。

“你有两个孩子。”她说，“一男一女。”

艾德娜点点头。

“你丈夫去世了……八年前走的。他这里，很痛。”修女露比用另一只手指着自己的胸口。泰德是在从酒吧回家的路上突发心脏病去世的。修女露比把艾德娜的手翻过来，这样看看，那样看看，好像在解读一个谜题似的。

“你很担心这座房子。”她终于开口了，“你想留下，但有人想让你走。是个男人，是你儿子吗？不对。”她仔细看着艾德娜的手，然后向后一靠，闭上眼，试图描绘这个男人的样子。突然，她坐直身子，两只手猛地拍了一下桌子。

“他是个商人！他想买下你的房子！”

喝着第二杯茶，吃着刚打开的饼干，艾德娜把朱利叶斯·文思格雷夫的事告诉了修女露比。此人是个房地产开发商，是个贪婪狡猾的下流坯子（不过在修女面前，她没说出“下流坯子”这个词来）。他软磨硬泡了好几年，劝她把房子卖了，这期间，他买下了附近绝大多数的房子，狠狠宰了大家一笔。最后，面对他的流氓策略，大卫迫不得已请来了律师，对他申请了禁令。但艾德娜总觉得他是个威胁，像只秃鹰似的盘旋在上空，静待着猎物。修女露比听得很认真。

“他是个大威胁。”

她弯下腰拾起手提包来，在里面一通翻找。

“我这儿有点东西，肯定能帮到你。”

她往桌上放了一块形如房子的扁平小木头，上面草草地画着四扇窗子和一扇大门。颜色和艾德娜的家一样。

“你家的门牌号是多少？”修女露比问。

“32号。”

修女露比从包里拿出一支笔，在大门上写下大大的“32”这个数字。

“好了。”她说，“现在，这是最厉害的符咒，只要你按我说的做，它就能保护你。”

她两手抓着木屋，闭上双眼，嘴里默念着咒语，几分钟后，把木屋放在餐桌中央。

“必须把它放在这儿。”她斩钉截铁地说，“这里是你家的中心，它会在这儿保护你，但是你要明白，”她指着木屋说，“现在这木屋就代表你的家，你保管好它，你的房子就没事。如果木屋损坏了，你的房子也会受损，可能是着火、发大水，等等。它的魔力是不会被破解的。”

艾德娜看着这个小木屋，不知它能否保护她不受朱利叶斯的打扰，不过试试也无妨。这时，修女露比把茶杯、茶托拿到水池里清洗，艾德娜连忙阻止她，不过她还是细心地洗好，放在了沥水板上。

艾德娜转而将饼干放回罐子里，修女露比甩了甩手，三滴水溅到了那个小木屋上。

“好了。”她拿起背包说，“我打扰你很久了。”

艾德娜正寻找钱包，可露比修女拒绝收费。

“和你聊天很开心。”她说着，便往门的方向走去。

*　　　*　　　*

卸了妆，镜子中的那张脸马上年轻起来。卷曲的假发下面是一头乌黑的直发。修女露比变成了穿着牛仔裤、靴子、豹纹外套的西蒙。她看了一眼腕上的名牌手表，拿起名牌背包。到了餐厅，朱利叶斯正不耐烦地等着她，手指在洁白的桌布上笃笃地敲着。

“麻烦来一杯香槟。”她用自信的河口英语对路过的服务生说。

朱利叶斯瞪大了眼睛。

“你配吗？”

西蒙笑了。

“你觉得呢？”她说，“真是小菜一碟。儿子今早刚去看了水龙头。碰巧，我下午发现，浴室就在厨房上面。”

她又看了一眼手表。

“厨房天花板现在应该已经掉下来了。”

朱利叶斯笑了。

“母子出动，所向披靡。”

他拿出一个厚厚的棕色信封，往桌上一推。西蒙看了看，收进包里。服务生拿来香槟，为两人斟上。朱利叶斯举起酒杯：

“合作愉快。”

*　　*　　*

送走修女露比后，艾德娜躺在沙发上休息。一天两个客人，虽然暖心，但也疲惫。一个小时后，她醒过来，发现厨房下起了雨。桌上的木屋浸湿了，褪色了，窗子也花了，不过那个门牌号却仍然清晰。艾德娜抬头望见天花板上，有块黑色的印迹蔓延开来。最后，她听到天花板裂开的声音。

“好啦！好啦！我投降。”劳拉轻抚着不停蹭着她膝盖的小脑袋。午饭时间早过了，胡萝卜饿了。劳拉坐在桌前，在失物的海洋里摸索着，终于想起看看表，快 3 点了。

“可怜的小狗。”她说，“你肯定饿坏了。”

外面还下着雨，不过，所幸胡萝卜的圣诞礼物里有一件防水雨衣。它在花园里奔跑，劳拉开始做午饭。胡萝卜很快就回来了，湿湿的爪子在地上踩出许多脚印。午饭后，劳拉到楼上整理晚上用的东西。单是选内衣，便花了好一会儿。找那对最爱的耳环时，她隐约记起自己之前把它们放在特蕾兹的卧室里，便过去找。她转动那冰冷的黄铜门把手，发现门从里面反锁了。

# 31

弗雷迪从床罩下面伸出脚指头戳了戳胡萝卜。

“别偷懒，快沏杯茶来喝。”

没想到，胡萝卜却把身体埋进羽绒被里，舒服地哼了一声。弗雷迪央求地看着劳拉，她也立马把脑袋藏到了枕头底下。

“还是我来吧。”他说着，从床上一跃而起，想找衣服穿。劳拉的睡袍太小，不过眼下没别的衣服。弗雷迪拉开窗帘，新年第一天的晴空和阳光照进来。劳拉伸伸懒腰，一丝不挂地盖着被子，考虑着跑到浴室梳洗打扮一番，让自己显得年轻些。不过转念一想，弗雷迪已经知道她最本真的样子，何必伪装？劳拉用手捋捋头发，朝床边桌子上的小镜子望去，看看眼睛下面是否残留着昨夜的妆，不过好在牙齿还算干净。

两个小时后，他们才起床、穿衣，吃着豆子和面包，然后，森夏恩就来了。他们答应森夏恩，如果天气好，就带着胡萝卜去外面散步。劳拉和弗雷迪互挽着胳膊漫步，森夏恩和胡萝卜跑在前面，玩着接球游戏。

“我明显感觉到，胡萝卜玩这个游戏纯粹是为了逗森夏恩开心，它并不喜欢。”弗雷迪说。

劳拉看着胡萝卜例行公事似的把球送到森夏恩手里，又被她随便地扔到远处，命令它：“捡回来！”

“要我看，等它找到别的事可做，就不会再玩儿了。”

果真，胡萝卜看着扔出去的球掉进荆豆丛里，便跑去追赶兔子了。可怜的弗雷迪被森夏恩指派为胡萝卜的替补，跑到荆豆丛里捡球去了。

“别找了。”劳拉见弗雷迪被扎了好几下说，“再买一个就好了。”

“不行！”森夏恩带着哭腔说，“那是它的圣诞礼物，不捡回来，它肯定会伤心，会怨我。都怪我，扔个球都是斜着的，我就是一只蜘蛛。”

森夏恩险些落泪。

“你可不是蜘蛛！”弗雷迪终于从荆豆丛里站起身来，挥动着线球，“谁这么叫你的？”

“以前在学校打圆场棒球，每次我把球弄掉了，尼古拉·克劳就这么叫我。”

“尼古拉·克劳是个傻帽，你别理他。”

他把玩具递给森夏恩，她脸上失落的表情消失了，但没有笑意。胡萝卜追累了兔子，跑回来闻了闻它的玩具，又舔了舔森夏恩的手。

这次，她终于笑了。

大家继续走着。劳拉拿着胡萝卜的玩具，以免再次丢失，弗雷迪看着伤口，森夏恩忽然从草地上捡起一个亮亮的小东西。

“那是什么？”弗雷迪把它拿过来，擦掉了上面的灰尘。那是一个小象形的钥匙链。

“我们应该把它带回家，”森夏恩说，“然后贴上标签，放到网站上。”

“可我们的失物还不够多吗？”劳拉说，她脑海里浮现出装满物品的书房，架上、箱子里都是失物，等待着贴上星星贴纸。但弗雷迪这次站在了森夏恩一边。

“听我说，我一直在考虑怎么提高点击量，上传所有物件还远远不够，还得让目标人群到网站上浏览。安东尼的故事可以大做文章，我相信，我们能让出版社，甚至广播电台和电视台加入进来。如果既有旧的失物，又有新的失物，应该会更好。”

让劳拉欣慰的是，弗雷迪用了“我们”这个词。现在，她不是一个人在面对安东尼那令人望而却步的遗愿，她有了帮手。这样的帮助让她受宠若惊，备感欣慰。

回到帕多瓦，森夏恩直接走进书房，找到一张标签。森夏恩的爸爸妈妈邀请众人去喝茶，但她坚决要把标签写好，把钥匙链放到架子上或箱子里再走。劳拉到楼上去换衣服，弗雷迪用厨房的旧毛巾给胡萝卜清理爪子上的污泥。经过特蕾兹房间的时候，劳拉又去拧了拧门把手，还是打不开。回到厨房，在森夏恩的监督下，劳拉填好了标签。

“森夏恩？”

“嗯？”森夏恩专注地望着劳拉写的字。

“你那天说，花之女不开心，你还记得吗？”

“是啊。”

劳拉放下笔，吹了吹未干的墨水，等她放下标签，森夏恩立刻将它拿起来，又吹了吹，以防万一。

“嗯，你说她不开心，是因为我吗？”

森夏恩眼睛滴溜儿一转，气呼呼地叉着腰，脸上一副“你怎么这么傻”的表情。

“她不只是因为你而生气，她对所有人都有气。”

这个回答让劳拉出乎意料。如果她相信森夏恩所说的，便能为此感到宽慰些，但还是一头雾水，不知如何让特蕾兹的魂魄安息。

“可她到底为什么生气？”

森夏恩耸耸肩。此刻，她对特蕾兹毫无兴趣，心里只想着下午茶。她看了看手表。现在，她已经能认得准点和半点，其他时间都用“还差几分”来表示。

“还差几分就到 4 点了。”她说，“下午茶 4 点准时开始。”

她走到门边。

“早上，我做了蛋糕、司康饼、肉馅饼作茶点。”

弗雷迪笑起来：“怪不得你快 11 点半才来。”他朝劳拉眨眨眼，悄悄说，“还是我幸运。”

“爸爸做了香肠卷。”森夏恩边穿外套边说。

# 32

## 尤妮斯

1991 年

“这些香肠卷可比不上道尔太太的手艺。”邦勃坦率地说。道尔太太歇业后，搬到马盖特的一间海边公寓去了，原先的面包房转让了出去，之前的手工点心也换成了流水线上的成品。几片碎屑掉在邦勃的腿上，尤妮斯见了，递过一张纸巾。

“宝贝简吃点剩下的也无妨。”话音刚落，尤妮斯便遇上那小狗可怜巴巴的目光。算它今天运气不好吧，虽然邦勃不太喜欢香肠卷的味道，但仍然吃完了，把碎屑扔进废纸篓里。尤妮斯不顾他的健康与身材，给他买了两份香肠卷。稍后，他们要去看望格蕾丝和戈弗雷，过去一年来，这样的拜访变得越发困难。她多希望自己能做点什么，好减轻邦勃的痛苦。他看着眼前的父亲渐渐地退到一个不能接近的遥远地方。戈弗雷的身体还算健壮，心理却极其脆弱，像个生长过快的孩子，充满恐惧与愤怒。“身体壮得像水牛，心理脆弱如飞蛾。”格蕾丝这样形容他。对爱他的人来说，这无疑是种折磨。而对戈弗雷来说，朋友、家人都是陌生的，是叫他害怕的，能躲便躲。任何爱的表达——触碰、亲吻、拥抱都被他拳打脚踢挡在身外。格蕾丝和邦勃身上都有伤。格蕾丝一如既往地坚韧不拔，但搬到快乐之家一年多后，她已不再和丈夫同寝一室。只有远距离的爱，才是安全的爱。波西娅更是远在天边，发生了一次肢体上的冲突后，她便不再露面。

邦勃不可置信地摇摇头，从邮筒里取来的信封中，拿出一份厚重的手稿。

“她这么做绝对是为了和我较劲。”

那是波西娅最近的书稿。

“她还会寄给别人吗？”

尤妮斯的视线越过他的肩膀，看着写着大纲的页面。

“我觉得会。太尴尬了。她肯定还寄给了布鲁斯。他说他差点要出版，就为了看看我的反应。”

尤妮斯被手上的稿子吸引了去，静静地笑着。邦勃靠在椅子上，双手放在脑后。

“好啦，快安慰一下我。”

尤妮斯笑着冲他摇摇手指。

“你不该这么说，我觉得，或许应该让凯西·贝茨把波西娅绑在一个遥远的森林小屋里，打断她的腿，好好给她上一课，教教她什么是写作。”

他们第一次看《痛苦》这部电影时，边吃饭边高兴地讨论着，有哪些作家如果去了凯西·贝茨的写作启蒙学校，就能大大进步。没想到，他们忘了波西娅。

“如果把她的手指也切断就更简单了，那样她就用不着写作了。”

尤妮斯摇着头取笑邦勃的无稽之谈。

“可那会抹杀掉她的文学细胞。”她挥动着大纲，清了清嗓，夸张地停顿了几秒。宝贝简不耐烦地叫了一声。

“简妮·伊尔——

“简妮·伊尔是个孤儿，由姑妈维德抚养长大。维德是个富有、残忍、钟爱整形的女人，她不喜欢简妮的招风耳，可简妮不想做手术，姑妈便把她锁在杂货间，那里曾是她的丈夫触电身亡的地方。简妮认为自己看到了叔叔的鬼魂，央求放她出去，可姑妈却想借此机会摆脱这个累赘，便告诉所有人，她吸毒了，之后把她送到一个叫作高林的戒毒所。高林的所长布拉特乌尔斯特先生是个海洛因吸食者，他把挣来的钱全拿去买毒品，只给女孩子们吃面包和猪油。简妮认识了一个叫艾伦·斯克丁的女孩子，她善良、聪明，但有一次被干面包呛了一口，由于急救处无人值班，简妮也不会海姆利克氏急救法，那女孩子便不幸去世了。”

尤妮斯停了下来，看到邦勃已然要被肚子里的笑意憋坏，根本听不下去，而坐在他脚边的宝贝简却迷惑不解。尤妮斯等他恢复正常，又继续念道：

“这个布拉特乌尔斯特先生，因戒毒所未达到医疗卫生法规的标准而被捕入狱，后来，简妮成了这里的咨询顾问。两年后，她决定去看看外面的世界，便到庞蒂弗拉克特的一座古堡里去做互惠生。她要照顾一个叫贝拉的法国小女孩，雇主是一个皮肤黝黑、沉默寡言的男人，名叫曼彻斯特，他经常大吼大叫，但对仆人很友好。简妮爱上了他，还在一天夜里发生火灾时救了他一命。他把过错归在一个叫特蕾西·图尔的仆人身上，但没有解雇她，简妮觉得有点奇怪。然而，当曼彻斯特先生向简妮求婚时，她仍然毫不犹豫地答应了。婚礼那天，发生了骇人的事。

“正当新郎新娘准备宣誓时，一个名叫梅森的人不请自来，说曼彻斯特先生已经和他的妹妹邦蒂结婚了（是梅森的妹妹，不是曼彻斯特的妹妹，他没有妹妹）。曼彻斯特感到五雷轰顶，把他们带到古堡，见到了吸毒成瘾的邦蒂，在阁楼里到处摸爬滚打，大呼小叫，还要咬他们的脚。特蕾西·图尔拿着注入镇静剂的注射器追着她跑。虽受过专业训练，但几近疯狂的简妮已然是泥菩萨过河自身难保了，根本无暇帮助邦蒂。她带着痛苦与不解，整理好行李，跑到荒野里游荡。在她饥寒交迫的时候，一个善良的牧师和他的两个姐妹发现了她，把她带回了家。没想到，他们就是简妮失散多年的亲戚，更幸运的是，她去世的叔叔给她留下了一大笔钱。简妮把遗产分给了兄弟姐妹，拒绝了牧师的求婚，后来参加了启发课程，成了刘易舍姆的传教士。她意识到，曼彻斯特才是她的一生所爱，而且和自己的亲戚结婚，未免有些奇怪。

“简妮回到庞蒂弗拉克特，发现曼彻斯特的房子被一把火烧成了灰烬。一个过路的老太太告诉她，那个疯婆子邦蒂点着了火，在房顶上跳舞，把她烧死了。曼彻斯特先生毫不顾虑自己的安危，救出了所有的仆人和家猫，却不幸被倒塌的柱子砸到，双目失明，还失去了一只耳朵。简妮来到他的新家，看到他坐在花园里，虽然他看不见，但闻出了她身上的香味。他现在只身一人，简妮便决定给彼此一个机会，但要慢慢来，以度过信任危机。六周后，他们结婚了。第一个孩子出生时，曼彻斯特的双眼奇迹般地复明了。”

“真是写得一手精彩的喜剧！”尤妮斯笑着把稿子递给邦勃，“你真的不想出版吗？”

邦勃冲她扔了一块橡皮，她头一缩，躲过去了。

尤妮斯坐在桌前，手托着腮，沉思起来。

“你说她为什么要这么做？”她问邦勃，“我是说，她不可能只为了气你才写的，这样太费工夫了。况且，这种玩笑也不是一次两次了，肯定没这么简单。而且，如果她真想出版，也可以自己去做，她肯定负担得起。”

邦勃伤心地摇摇头。

“我觉得她真的很想成就一件事，可是她选错了职业。她有那么多钱和所谓的朋友，但在我眼里，她的生活太空虚了。”

“我猜，也许这一切都是为了你。”尤妮斯站起来，走到窗边。她喜欢边走边思考，“她是希望得到你的肯定、夸奖和关爱，她希望通过写作来实现这个愿望。她粗鲁、自私、肤浅，有时甚至很残忍，而且她永远不会承认她在乎你对她的看法，但她其实是在意的，内心深处，她希望能成为你的骄傲。她选择写作，不是因为她有天赋或者乐意写，而是因为这样有盼头。你是个出版商，她就想写一本你觉得能出版的书。所以，她才总是向名著里的情节‘致敬’。”

“可我是爱她的。她的行为我不能认同——她对爸妈，还有对你说话的方式。但她是我的姐姐，我永远都爱她。”

尤妮斯走到他身后，把双手轻放在他的肩上。

“我明白。但波西娅不一定明白。”这一次，她没开玩笑。

# 33

劳拉坐在床上，紧握着拳头，指甲把手掌压出一个个弯弯的印。她不知是该害怕还是该生气。艾尔·鲍利的歌声从楼下的花房传来，那富有磁性的嗓音像指甲划黑板一样让人抓心挠肝。

“我住在梦里，像国王一样欢喜……”

“好吧，我为你的欢喜而欢喜！”她拿起床头柜上的书一把扔到对面，把梳妆台上的玻璃烛台碰到地上摔碎了。

“妈的！”

劳拉在心里向安东尼诉说着歉疚，起身到楼下拿了簸箕和扫帚，又去花房里察看了一番，艾尔·鲍利的唱片还在封面下，放在书房的桌子中央，是她昨天放在那儿的，因为听腻了这熟悉的歌声，而现在，这声音却不分昼夜地萦绕耳边。她曾经天真地以为，把唱片和留声机分开，便万事大吉。可特蕾兹根本不按常理出牌，她的灵魂没有拘束，自由地来来去去，玩闹使坏。不然还会是谁呢？安东尼在世时对她那么好，不可能是他。毕竟，劳拉已经做了他拜托的事，还在替他完成遗愿。她拿起唱片，看着封面上男人的笑脸和他光滑的黑发、深情的双眼。

“你根本不知道。”她摇摇头，对着那张脸说道。劳拉把唱片放在抽屉里，转身靠在上面，好像怕它关不严似的。她对弗雷迪说过特蕾兹的房门被反锁了，问他能不能打开。他试过了，说门确实被锁住了，但后来又说，还是什么也不做为好。

“等她准备好了，自然会打开的。”他这样说，就像要把一个赌气的孩子丢在一旁，等他气消了便能冷静下来似的。弗雷迪和森夏恩都平和地接受了特蕾兹的小脾气，但劳拉却忍无可忍。一个已故的灵魂在房子里、花园里，怎能不让人担惊受怕？而且她现在明明已经得到了婚姻的极乐，却还是如此不近人情。劳拉无奈地笑起来。在帕多瓦会这样做的人，除了特蕾兹，还会有谁？她理不出个所以然，便开始胡思乱想。等她清理完玻璃碎屑，便听到弗雷迪和胡萝卜散步回来的声音。

厨房里，就着茶和面包，她和弗雷迪讲起唱片的事。

“哦，那个事啊，”他说着，给胡萝卜吃了几块黄油面包的碎屑，“我也听到过，但没放在心上。说不定是森夏恩打开的。”

“我把唱片拿走了，但无济于事。现在我又换了个抽屉。”

“为什么？”弗雷迪搅拌着放在茶水中的糖。

“你是问我为什么拿走，还是为什么放在抽屉里？”

“两个都有。”

“因为我快被逼疯了。我把唱片拿走，好让她没法再播放。”

“谁？森夏恩？”

“不是。”劳拉顿了顿，勉强地说，“是特蕾兹。”

“啊，原来是我们的鬼魂邻居。所以，你把它拿走了，但不管用，于是你以为把它关在抽屉里就行了？”

“不一定，但至少我可以放心点。我一直在想，她还会做什么。为什么她这么斤斤计较？她已经有了安东尼，难道我占着房子碍她事了吗？是安东尼自己答应的。”

弗雷迪喝着茶，听着她的话，皱起眉头。

“你想想森夏恩怎么说的。她说特蕾兹不是生你的气，她是气我们所有人。所以，和房子无关。安东尼在世时也发生过类似的事吗？”

“我没听说过。房子里总是香气扑鼻，好像特蕾兹还在周围，但我从没见过、听过什么。安东尼也从没提起过。”

“所以，是在安东尼去世后，那个女人才出现的？”

“是的。但问题就在这里。我一直以为她这些年都在等安东尼，练练狐步舞，涂涂指甲油……”

弗雷迪冲她摇摇手指，告诉她不要乱讲话。

“我懂，我懂。我这样不对。”劳拉也不好意思地笑了，“可实话实说，她到底还想怎样？她现在有了安东尼，应该很快乐。可她还在这里捣乱，像歌剧里闹情绪的女主角，只不过是过世的主角。”

弗雷迪一把捂住她的嘴。

“我知道你不放心，她确实很活泼。”

“尤其对于一个已故的人来说，太活泼了。”劳拉插嘴道。

弗雷迪笑了：“我觉得你们俩挺合得来，照安东尼对她的描述来看，你们俩比你想象的更相似。”

“他和你聊过特蕾兹的事？”

“有时候聊，尤其是在他弥留之际。”

他喝光杯子里的茶，又倒了一杯。

“不过，我们可能忽略了一点。安东尼死后，我们把他和特蕾兹葬在一起，就觉得他们在一起了。但那些骨灰重要吗？那只是他们肉体的灰烬，可是人已经不在了。安东尼和特蕾兹都走了，但他们并没有真正地在一起，这才是问题所在。如果我们分头去伦敦，没有约好见面地点，那么偶遇彼此的概率有多大？而他们去的地方比伦敦大得多，因为人死后都会到那里去。”

弗雷迪靠在椅子上，对自己的回答似乎非常满意。劳拉叹了口气，沮丧地靠在椅背上。

“所以，你的意思是，特蕾兹比安东尼去世前还要伤心，因为以前至少还知道他在哪儿？这下好了，我们要被她折磨到永久了。”

弗雷迪走到她身后，双手放在她的肩上。

“可怜的特蕾兹，我觉得你应该把唱片放回花房里去。”

他吻了一下她的额头，到花园里工作去了。突然，劳拉心生愧疚。这一切也许都是徒劳，但假如不是呢？现在她有了弗雷迪，可万一最后，特蕾兹没有和安东尼在一起可如何是好？可怜的特蕾兹。

劳拉起身来到书房，从抽屉里拿出那张唱片，把它放回花房留声机旁的桌上，然后，她拿起特蕾兹的照片，凝视着这个女子。她是模糊的，遥远的。这是她第一次从照片背后看到一个真实的人，也许弗雷迪认为她们很像，但劳拉看得出差别。她比特蕾兹多活了15年，但她毫不怀疑，在特蕾兹短暂的人生里，这个女人要比她过得更努力、更光明、更奋勇。多可惜啊！

劳拉用手指轻抚着照片上的脸，萨拉当初怎么说的？“是时候站出来，给生活一点儿颜色看看！”

“我一定帮你到底。”她对特蕾兹承诺道。

她拿起唱片，放到唱盘上。

“别太淘气，”她对着房间大声说，“我是站在你这边的！”

# 34

## 尤妮斯

1994 年

尤妮斯永远忘不了那天，被太阳晒暖的玫瑰散发出一缕缕清香，从窗外飘进来，她和邦勃、格蕾丝一起坐在戈弗雷旁边，看着他离开。他就要走了，只剩一具疲惫的躯壳，像走不动的钟表，呼吸轻轻浅浅，好似抬不起翅膀的蝴蝶。恐惧、愤怒和困惑充斥着他的晚年，此刻，一切都褪去，只剩下平静。格蕾丝和邦勃在最后的时刻握着他的手，宝贝简凑到跟前，温热的脑袋靠在他的胸膛。他们不再说话，静待着死亡的到来。有时，护士会轻轻敲门，带来茶水和无言的安慰，这样的离别场景，她已见过无数次。

尤妮斯起身走到窗前。外面，午后的时光照常流淌着。人们在花园里散步、在树荫下纳凉，一群孩子在草坪上你追我赶，欢呼雀跃。一棵树的高处，一只画眉伴着洒水车的音乐吟唱着。她心想，这样一个夏日的午后，多么适合逃到别处去。格蕾丝好像也正有此意，她靠在椅子上，长叹一声。她拉着戈弗雷的手，挣扎着站起来，伸展了僵硬的身体。她吻了一下戈弗雷的嘴唇，用脆弱而平稳的手拂过他的头发。

“时间到了，亲爱的，该走了。”

戈弗雷蒙眬地醒来，半透明的眼睑抽动了一下，胸膛鼓起来，呼出最后一口气，就这样离开了。除了宝贝简，谁也没动。它站起身，仔细地嗅嗅戈弗雷的脸，知道朋友离开了，便跳下床，甩甩身体，坐在邦勃脚边，央求地看着他，仿佛在说：“现在我要尿尿。”

一小时后，大家坐在家属室里喝茶。这里是快乐之家安抚家属的地方，墙壁刷成淡黄色，阳光透过穆斯林窗帘，柔和地射进来。舒服的沙发、鲜花、纸巾一应俱全，这间屋子是用来缓和痛苦的。

流了些眼泪后，格蕾丝平静下来，准备说话了。她失去了丈夫，而现在，她能做的只有悼念。邦勃脸色苍白，但内心镇定，时不时地擦去静静流下的眼泪。离开戈弗雷的病房前，他在父亲的脸上亲了一下，然后摘掉父亲手上的戒指，自从他戴上之后，这是头一次取下。金色的戒指已然磨损变形，它见证了一段长久而坚固的婚姻，虽然爱意很少从口中表达出来，却表现在日常琐碎中。邦勃把戒指交给母亲，母亲一言不发地将其戴在中指上。然后，他给还在路上的波西娅打了个电话。

格蕾丝在邦勃身旁坐下，握住他的手。

“儿子，我们一边等你姐姐，一边听我跟你说。可能你不想听，但我是你妈妈，我得把我该说的话说完。”

尤妮斯不知道他们要聊什么，便准备回避。

“不用，亲爱的，邦勃不会介意你在这儿的。如果你不介意，我也希望你能支持我。”

尤妮斯坐下来，好奇地听着。宝贝简也坐在沙发上，挨着邦勃，又爬到他的腿上，好像要给他一点儿精神支持。

“好了，是这样的。”格蕾丝握着儿子的手，轻轻晃了晃，“亲爱的，在你小时候，我就知道你不是那种能按部就班、结婚生子的人。我觉得，你爸爸也知道这一点，所以我们从没提起过。现在，我想让你知道，这些我都不在乎。你是我的骄傲，只要你过得快乐、有尊严，就够了。”

邦勃的脸热热的，是因为流泪还是因为格蕾丝的这番话，尤妮斯不得而知，不过她也被格蕾丝的话感动了。

“上个星期，乔瑟琳带我去看电影。本来是想放松一下。”格蕾丝有点哽咽，但努力地克制住，继续说，“我们没怎么认真看电影，只是买了票和薄荷糖，过去坐了下。”

宝贝简在邦勃的腿上，换了个舒服的姿势。

“那部电影叫《费城故事》，有汤姆·汉克斯、保罗·纽曼的妻子和那个西班牙演员。”

她斟酌了一会儿，说：

“那部电影的结局并不圆满。”

她停下来，觉得意思已经表达清楚了，但邦勃脸上还挂着匪夷所思的表情，她叹了口气，继续说：

“我只想让你小心点，如果你找到一个‘特殊的朋友’，或者你已经有了，你得保证不会得艾病。”

尤妮斯使劲咬着嘴唇，可邦勃忍不住笑出声来。

“那是艾滋病，妈。”

格蕾丝并不在意，她只要儿子的许诺。

“我可不能再失去你。”

邦勃答应了。

“我用我的生命发誓。”

# 35

“不是我干的，我发誓。”森夏恩说。

他们来到书房，准备把一些失物的资料上传到网站，却发现安东尼珍爱的钢笔浸在桌上的一摊墨水中。那是一支康威·施沃特笔，森夏恩喜爱至极，总是先轻抚着那红黑色的光滑表面，再不舍地放回抽屉。

劳拉见森夏恩忧心忡忡的样子，便宽慰地抱了抱她。

“我知道不是你干的，亲爱的。”

她叫森夏恩把钢笔放到水龙头下冲洗干净，然后放回原位，自己则清理了桌上的污渍。

等劳拉洗净沾了墨水的双手，回到书房时，森夏恩正忙着在货架上挑选物品。

“是花之女干的，对不对？”她问劳拉。

“哦，我也不确定。”劳拉故弄玄虚地说，“也可能是我打开后，忘记盖上，不知怎么就漏出来了。”

她知道这听起来不可思议，森夏恩的脸上也挂着不可置信的神色。劳拉一直在思考弗雷迪说过的话，她越想越担心。如果这一切都是特蕾兹做的，为的是证明她和安东尼分离的痛苦，那么时间拖得越久，事态就会越糟糕吧？她想起罗伯特·奎因兰曾说，特蕾兹“生起气来也很暴躁”。天啊，这样下去，她很快就该一把火烧了房子，把这里夷为平地。劳拉已经厌倦了跟在鬼魂身后收拾残局的差事。

“我们应该想办法帮帮她。”森夏恩说。

劳拉叹了口气，因森夏恩的大度而自感愧疚。

“我同意。但究竟怎么做才能帮到她呢？”

森夏恩耸耸肩，眉头皱得快拧出水来了。

“要不我们问问她？”她提议道。

劳拉不好意思嘲笑她，但这个建议实属荒唐。她可不想在易趣上组织一场通灵大会或者占卜大会。之后，两人便忙着将物品上传，胡萝卜自在地躺在火炉旁打盹。

午饭后，森夏恩和弗雷迪带胡萝卜去散步，劳拉留在家里。她满心焦虑。通常，上传数据是个转移注意力的好差事，但今天不是，她满脑子想到的都是特蕾兹。她浑身刺痛难耐，思绪混乱，像有人在她脑海里划船似的，激起一层层波纹。她得做点什么，像杰瑞·斯普林格和他的表演指导所说的“干预策略”一样。可她偏偏想不出个对策来。

外面，柔和的阳光穿透灰色的天空洒满大地。劳拉到客厅拿了外套，打算去花园里放放风。在仓库里，她发现了弗雷迪偷藏的香烟，便拿出一支抽起来。她以前只在特别高兴的时候抽烟，但今天或许也适合来一支。不知道特蕾兹有没有吸烟的习惯。

劳拉漫无目的地绕着玫瑰园散步，像个女学生似的抽着烟，森夏恩的那番话回荡在她的脑子里。

“要不我们问问她？”也许不切实际，但整件事情本身就不可思议，没必要按常理出牌。所以，森夏恩的提议未尝不可。如果这一切都是特蕾兹所为，那么继续任她我行我素，便会招致更大的祸患。“为什么不去问问她？”劳拉一想到这里就尴尬。但还有什么办法？沉默，或者爆发……劳拉不忍心再往下想了。她吸了最后一口，左顾右盼，确认没人看到，便放声大叫：

“特蕾兹，”她指名道姓，生怕有别的魂魄嘲笑她自言自语，“我们俩得好好谈谈。安东尼是我的朋友，我知道他有多想和你重逢。我愿意帮忙，只要能做的我都做，但是毁掉这座房子、把我锁在卧室外面、放音乐吵得我彻夜难眠，可不太好。我不擅长扮鬼吓人，所以，你如果知道我该怎么帮你，你就得想办法告诉我。”

劳拉停下了，并不是期待着对方的回应，只是为停顿而停顿。

“我没有耐心猜谜解题，”她继续说道，“所以你必须把解决方法通过简单的方式告诉我。最好不要打破东西、烧坏东西……或者伤到人。”说到最后，她的声音越来越小。

她又停下来。除了房顶上有一对鸽子咕咕叫着，四周毫无声响。她打了个哆嗦，感到气温更低了。

“我是认真的，特蕾兹，我会竭尽全力的。”

她从花园往回走，觉得自己傻乎乎的，想喝点茶、吃点巧克力饼干聊以慰藉。回到厨房，她把水壶放在灶台上，然后打开了饼干盒，里面放着安东尼的钢笔。

# 36

“如果她觉得这就是‘简单易懂’，真不敢想象她复杂起来是什么样。”

劳拉和弗雷迪手挽着手，边走边琢磨那支钢笔的事。胡萝卜在他们前面跑着，到处嗅嗅，在路灯下做记号。他们刚从失踪月亮酒吧喝了几杯出来。弗雷迪觉得这样能把劳拉的注意力从特蕾兹身上转移开，但是“作怪的精灵”重燃胜利之火，占据了他们第一次酒吧约会的重头戏。玛乔丽还保持着阿卡迪的发型和妆容，见劳拉和弗雷迪来了，马上指指点点，让维尼看。弗雷迪想安安静静地喝一杯的愿望就此破灭了。

“你确定是森夏恩把钢笔放回抽屉的吗？”

“我倒没亲眼看见，但我确定是她。你不觉得她在耍我们吗？”

弗雷迪笑着摇摇头。

“我不觉得，真不觉得。森夏恩应该是包括你在内我们中间最诚实的一个了……”他朝着胡萝卜说道。

回到帕多瓦，劳拉又倒了两杯酒，弗雷迪把花房里阴燃的火拨旺了些。

“来吧。”弗雷迪靠着劳拉坐在沙发上，“我们看看红酒能不能激起推理的灵感。”

劳拉咯咯笑着。

“听着就恶心。”

弗雷迪故作惊讶地睁大眼睛，一口干了杯中的酒。

“好吧，我们再看看饼干盒里的一支笔这个线索。”

“不是普通的笔——是安东尼最心爱的康威·施沃特，笔杆是红黑色大理石，笔尖是 18K 的黄金。”劳拉说。

“感谢你的提醒，侦探小姐，但是这对我们的调查真有帮助吗？”

“反正，那是安东尼过去写作用的钢笔。”

他们沉思着，炉火噼里啪啦地燃烧着。胡萝卜将细长的腿伸到火炉旁，满足地哼了一声。弗雷迪用脚趾戳了它一下。

“小心，再靠近点就烧着你的腿了。”

胡萝卜不理他，又凑近了一点儿。

“安东尼写的故事你都看过吗？说不定里面有线索。”

劳拉摇摇头。

“我还告诉她，我不擅长猜谜解题，特意让她提示得简单易懂些。”

弗雷迪又干了一杯，把酒杯放在地上。

“可能对她来说足够清楚明白了。”

劳拉想说，那还不是因为出题人是她，所以她早知道答案了。

“我看过他让我录入的所有文章，包括全部的短篇小说。但那是几年前的事了，不可能都记着的。”

“你给我看过的那本书呢？那本短篇故事集？”

“那是刚开始出版的一本。我猜，他应该把其他稿子收起来了，我不记得在哪儿看见过。”

弗雷迪笑了。

“肯定在阁楼里。”

“为什么？”

弗雷迪拉下脸来看着劳拉，那表情神似森夏恩嘲笑他们愚钝时的样子。

“因为大家都把不知如何处理的东西放在那里。”他骄傲地说，“不过我如果出版了一本书，肯定会把它放在书架最显眼的地方。”

劳拉思忖了片刻。

“但他并不觉得那些出版过的小说值得骄傲，还记得我跟你说过的吗？他的出版商喜欢大团圆的结局，最后他们不欢而散。”

弗雷迪点点头。

“我记得。布鲁斯想要甜葡萄酒，安东尼却给了他苦艾酒。”

劳拉笑了起来。

“你还记得这句，只要是和酒有关的……”她戏谑道。

“但我觉得试试也无妨。我还没去阁楼好好看过，就算那些书不在那儿，说不定也能找到别的东西呢……”

“明天吧。”弗雷迪站起来，把劳拉也拉起来，“我们明天去看看。”

他吻着她的唇。

“你刚才说什么恶心来着？”

*　　*　　*

劳拉梦到自己不停地坠落，猛地惊醒过来。不知刚刚是梦到自己在降落，还是为逃离梦境而下落。天还没亮，四周寂静，只听到弗雷迪和胡萝卜的呼吸声。弗雷迪温暖的手背靠在她的腿上，当她的眼睛适应了黑暗，便能看到他的胸膛一起一伏。不知道安东尼会怎么想，希望他会成全他们两个，并为她高兴，毕竟，是安东尼告诉她要过得快乐，而她现在如愿以偿。但还差一点儿。她还在担心归还失物的事。网站能办得有声有色，都归功于弗雷迪。以前，潜意识里的自我否定让她害怕辜负安东尼，不过现在，她有了更多尝试的勇气。特蕾兹是散不去的阴影，但劳拉的日常生活大体上无疑是快乐的。当然，她还担心弗雷迪。新的恋情本来就有一定风险，何况是在她这个年龄呢？她担心弗雷迪还没看到她的肥胖纹、鱼尾纹，还没注意到她曾经紧致的腰臀上悄悄长出的一圈圈脂肪。她多么遗憾弗雷迪没见过她身材最好的时候，而她的美好年华全都浪费在了文斯身上。她笑自己的愚蠢，然后，一想到鱼尾纹，便暗下毒誓，下次顶着太阳出门时，一定要戴墨镜和帽子。对于更年期，她更是想都不敢想，听听这名字就知道它意味着什么，不是吗？虽然不是什么大限之时，但也意味着对异性的吸引力一去不返。她把枕头拿起来，盖在脸上。“振作一点儿，劳拉！”她对自己说。她摸到弗雷迪的手，将其握紧。弗雷迪也本能地回握了一下，劳拉在黑暗中，流着眼泪，渐渐回到梦中。

清早，一切都变得积极向上。阳光并未嘲笑劳拉的不完美，倒是黑夜里潜藏的自我怀疑让她夜不能寐。早饭后，她来到花园，没戴帽子，眯着眼望向太阳。弗雷迪去了城里，她准备到阁楼一探究竟，便拿来梯子，用小车推到楼上。胡萝卜不知如何帮忙，便跑上跑下，兴奋地叫着，以防有坏蛋进门。劳拉支好梯子，便听到弗雷迪抱怨她瞎忙活。

“等我回来我们一起做。”他之前说过。

但劳拉等不及了。况且，森夏恩快来了，她完全有能力帮忙叫救护车。她打开阁楼门，一阵灰尘便扑面而来。她打开灯，手上立刻粘了蜘蛛网。该从哪儿开始呢？这里有几件旧家具、一条卷起来的毯子和一堆箱子。她抬起距离最近的几个箱盖，里面放着各种居家物品：没用过的茶具、银质餐具、装饰性瓷器，等等。另一箱装着书籍，不过没有安东尼写的。劳拉小心地穿过搁板，别扭地弯着腰，看到一个儿童小马玩具孤独地立在一角，旁边放着一个棕色的行李箱和一个伦敦裁缝店的盒子。劳拉轻抚着那匹小马的鼻子，好像在抚摸一只泰迪熊。

“你可不能待在这儿。”她对它说。

那个行李箱上积满了厚厚的尘土，但是没有上锁，劳拉匆忙看了一眼，觉得在那里很有可能找到有用或者好玩的东西。她扣上按钮，把箱子拖到门口。该怎么把它拿下去？太重了，不知梯子能否承受人和箱子的重量。只能等弗雷迪回来，但如果真要等，还不如一开始就别上来。或者让箱子顺着梯子滑下去，梯子看着很结实，应该不成问题。结果，箱子更像是直接摔下去一样。劳拉一放手，它就轰的一声掉在地上，激起一片尘土。劳拉返回去拿小马，轻松地顺着梯子下来，再返回去关好了门。

等弗雷迪回来的时候，梯子已经放回了仓库。森夏恩在花园里清洗那匹小马，劳拉把行李箱拿到书房的桌上打开，仔细研究着。里面有几本厚相册，内页发黑，中间夹着浮雕纸巾、几份打印手稿、几封信和文件。这些相册记录了安东尼的童年时光，那时他还不认识特蕾兹。照片上，一个头发卷曲的小孩子在夏日的花园里，叉开双腿坐在格子地毯上；另一张照片里，修剪整齐的草坪上，一个健壮的小男孩骑在一匹小马上；下一张照片，一个笨拙的青年，腼腆地笑着，穿着大号的护腿，挥舞着板球拍。一切都在影集里，海边度假、乡下野炊、过生日、受洗、婚礼、圣诞。一开始是三个人，后来只剩两人。那个皮肤黝黑、穿着制服的高个男子从照片里消失了，从他们的生命里消失了。劳拉小心地拿起其中一张照片，上面是一个站得笔直、骄傲自豪的男人，穿着制服，帅气精干。他搂着一个女子，女人穿着靓丽的夏帕瑞丽晚礼服。两人中间站着一个穿着睡衣的小男孩。多么幸福美满的一家人。

“一想到你……”

劳拉的脑中回荡起这首歌，也可能是花房里传来了音乐声。这些天来，她已经分不清楚了。那天晚上罗伯特·奎因兰来宣布遗嘱的时候给她讲的，正是照片里的故事——安东尼最后一次和父亲在一起的故事。最后一支舞，最后一个吻，最后一张合影。她要把这张照片放在银色相框里，和特蕾兹的照片一起摆在花房中。

“找到什么好玩的东西了吗？”

弗雷迪拿来一杯茶和一块三明治。他在行李箱里翻找，拿出一个小盒子，上面盖着天鹅绒。

“啊哈！这是什么神秘的宝贝？”

他掀开盖子，露出一枚白金戒指，上面镶着星形蓝宝石。他把盒子拿到劳拉面前，劳拉拿过戒指，在光下观察着，那星形宝石如矢车菊一样蓝得透彻。

“这是她的订婚戒指。”

“你怎么知道？”弗雷迪从她手里拿过戒指观察着，“说不定是弗雷迪母亲的。”

“不，是她的，我敢肯定。特蕾兹不喜欢普普通通的戒指。”她笑着说，想起了自己9克的金戒指，“她总是那么闪耀，就像这枚戒指一样。”

弗雷迪把戒指放回盒子，又递给劳拉。

“它现在属于你了。”

劳拉摇摇头。

“它永远都不属于我。”

弗雷迪到外面去帮森夏恩的忙。他答应要给那匹马涂上一层漆。劳拉把箱子里的东西陆续拿出来。她看到一张玫瑰花的订单：艾伯丁 ×4，大普里克斯 ×6，玛西亚、亨利·莫斯、快乐淑女——还有种植手册。手稿是安东尼让劳拉打印的短篇故事。她一边翻阅，一边回忆起来。封面贴着出版商布鲁斯的来信，言语间尽是不满。

“……根本不符合读者需求……过于复杂、模糊……主题阴郁而沉闷……”

有人在那些侮辱性质的文字上用红笔画了一道，在布鲁斯的签名处写了一句“蠢货！”那是安东尼的字迹。“说得没错。”劳拉心想。她准备稍后重读一遍稿子，但她总觉得里面没有她想要的答案。

大厅里传来金属轮子划过的声音，森夏恩推着小马走进书房，后面跟着弗雷迪和好奇的胡萝卜。

“它换新装了！”劳拉欢呼着。森夏恩自豪地笑起来。

“它的名字叫苏。”

劳拉看看弗雷迪，以为他有什么话想说，但他只是耸耸肩。那就叫“苏”吧。森夏恩急切地想看看行李箱里的东西，想看那枚戒指。当她把戒指戴在手指上端详着它的光泽时，劳拉想到了一个办法。

“或许特蕾兹就想让我们找到这枚戒指，说不定一切都是为了它。”

弗雷迪犹豫不定：“嗯，但这同那支笔有什么关系？”

劳拉对她的假设里的漏洞视而不见，继续圆场。

“这是她的订婚戒指。你不懂吗？这是他们的联系所在。订婚就是这个目的。”

弗雷迪还是将信将疑：“但结婚也是，我们上次还给他们举行了婚礼，也没用啊。”

森夏恩不仅不相信劳拉的假设，还觉得她和弗雷迪的脑子又一次进水了。

“那支笔是为了找到线索而设计的，是写字的意思。”她说。

她捡起安东尼和他父母的合照。

“因此，她才会播放那首歌。”她把相片递给弗雷迪。这时候，弗雷迪转头看着劳拉，等待着她的回答。

“那是安东尼和他的父母。罗伯特·奎因兰告诉我们，那时候，他父亲放假在家，有一天晚上，父母要出去，安东尼下楼来和他们说晚安，却发现他们正跟着艾尔·鲍利的音乐跳舞，那是他最后一次见到父亲。后来，父亲被杀害了。”

“后来，圣人安东尼遇到了花之女。”森夏恩忍不住继续讲下去，“他把这件事告诉了她，于是她为了安慰安东尼，邀请他一起跳舞。”她转动着戴在手上的戒指，说，“而现在，我们必须想办法安慰特蕾兹。”

“我觉得可以用这枚戒指试试。”劳拉朝森夏恩伸出手，她依依不舍地摘掉戒指给了她，“我们把它放在花房里，摆在她的照片旁。那这匹小马放在哪儿？”她想转移森夏恩的注意力。

弗雷迪还凝视着那张照片。

“我不明白，这些东西为什么塞到了行李箱里，藏在阁楼？在我看来，这些东西对安东尼来说都是最珍贵的，包括戒指、照片、花园最初的一切，连手稿也很珍贵。他一直坚持着，不愿做任何修改，说明他以这些作品为骄傲。”

“他看到这些就伤心欲绝。”森夏恩说。

胡萝卜把脑袋探进书房，哼了一声。下午茶时间到了。

“来吧，”劳拉说，“我们把戒指放到花房去，再给小马找个住处。”

“它叫苏。”森夏恩说着，跟在劳拉和弗雷迪身后走着。

“而且重要的不是戒指，是那封信。”可劳拉和弗雷迪已经走远了。

# 37

## 尤妮斯

1997 年

“这个讨厌鬼绝对是故意和我对着干！”

布鲁斯冲进办公室，一屁股坐在椅子上，像黑白电影里视死如归的悲剧人物。尤妮斯猜到他会用手遮住前额，以示痛苦和沮丧。他突然不请自来，一边上楼，一边大喊大叫。

“别激动，老兄。”邦勃虽然忍俊不禁，但还是竭力保持严肃的姿态，“你这样多煞风景。”

宝贝简坐在一个人造皮垫上，庄重地看了布鲁斯一眼，打消了热情欢迎的念头。

“要喝茶吗？”尤妮斯板着脸问道。

“如果和威士忌一起端来，就喝。”布鲁斯粗鲁地回应。

尤妮斯还是去烧水了。

“有何贵干？”邦勃依然颇有兴趣，想看看是谁把布鲁斯惹得火冒三丈。布鲁斯那一头酷似芭芭拉·卡特兰德的头发因愤怒而颤抖。

“去他的安东尼·佩尔杜！去死吧！”

邦勃摇摇头。

“我说，是不是有点过火了？他又没做什么伤天害理的事。”

第一次见到布鲁斯，尤妮斯还以为他是同性恋。但他有个德国妻子，喜欢养老鼠，还带它们去参加老鼠大赛。更没想到，布鲁斯和布伦希尔德还生了两男一女。

“他真是中邪了，”布鲁斯说，“故意写那种颠三倒四的胡话，明知道我不会出版，还尽写些黑暗的故事、奇怪的结局，或者根本没有完整的结局。他可能觉得那样很有格调，可以宣泄他个人的悲愤，但在我这儿行不通。我知道普通的、正常的人喜欢什么，那就是好的、直白的故事，要有圆满的结局，坏人不能有好下场，小伙子都得追到姑娘，性也不能写得太露骨。”

尤妮斯把茶杯砰的一声放在他面前，故意洒了些茶水到茶托上。

“你觉得，你的读者都不愿尝试新作品吗？”

布鲁斯把茶杯拿到嘴边，盯着茶水，想了想，又重重地往桌上一放。

“亲爱的，我们给读者推荐什么，他们就喜欢什么，就这么简单。”

“那你为什么不给他们推荐安东尼·佩尔杜的新书？”尤妮斯问。

“安东尼·佩尔杜？不就是你原来合作过，书卖得很好的那个作家吗？”邦勃问道。

布鲁斯懊恼地瞪大眼睛。

“天哪，邦勃！你反射弧太长了吧！我从头到尾都在说他啊。他的第一本卖得确实很好，快乐的故事，快乐的结局，皆大欢喜。可后来就变了。他从《音乐之声》变成了《米德维奇布谷鸟》。我跟他挑明了，要么好好写，要么解约！”

布鲁斯曾经和邦勃在同一栋大楼里上班，后来他每次经过的时候，还会到这儿来喝杯茶，聊聊天。但是，这次没能在安东尼的事上把邦勃拉到自己这边，而且尤妮斯也毫无同情之意，他再无心思久坐，说了两句，就匆匆走了。

“如果我们抢在布鲁斯前面和安东尼签约就好了。”邦勃叹着气说，“我喜欢他的第一本故事集，不过新书听上去也很有趣。不知道该不该挖过来……”

尤妮斯从桌子抽屉里拿出一个小包裹，厚厚的深灰色包装纸上系着淡粉色的丝带。

“我知道，下周才是你的生日。”邦勃像个小孩似的，露出喜出望外的神情，他最喜欢惊喜了，“没想到布鲁斯这个扫把星来了，所以想用礼物帮你缓解一下心情。”

那是一本《虚凤假凰》。去年邦勃过生日时，他们一起去看了改编的同名电影，邦勃笑得差点被爆米花呛住。

“真希望我妈能看看，”他说，“比《费城故事》好看多了。”格蕾丝已经去世一年半了。戈弗雷走后，她撑了一年，然后某一个夜晚，在睡梦中安详地离开了。她和戈弗雷一同葬在常去做礼拜的教堂墓园里，当邦勃和尤妮斯面对面站在斑驳的光影下参加格蕾丝的葬礼，他们想到了自己离世时的样子。

“我选择火化，不要埋在地下。”邦勃说，“那样节省空间。”

“我希望你能把我的骨灰和道格拉斯、宝贝简的骨灰一起撒在一个美丽的地方。”

尤妮斯看着参加葬礼的人群慢慢走回车里。

“你怎么这么确定会比我先离开？”

邦勃拉过她的手臂，一同往墓园外走去。

“因为你比我小几岁，你的生命更纯净。”

尤妮斯轻蔑地哼了一声，但邦勃仍然继续说着。

“而且你是我的助手，必须按我说的做。”

尤妮斯笑了。

“‘美丽的地方’，这也太笼统了。”

“等我想好了，再告诉你。”

走到大门前，邦勃停下来抓住她的胳膊。

“还有一件事。”

他望着尤妮斯，眼里噙着泪水。

“答应我。如果我最后得了和我爸一样的病，你要想办法……你懂的，救我出去。”

尤妮斯勉强地笑笑。

“我用我的生命起誓。”

邦勃送给宝贝简一份礼物，但等它发现那东西不能吃、不会叫、不会跳，便失去了兴趣。

“那你想要什么生日礼物？”尤妮斯边问，边把粉色丝带缠在手指上。

“这个嘛……”邦勃说，“要不生日和年度旅行放一起过吧？”

尤妮斯笑了：“那就去布莱顿吧！”

# 38

“关键不在那枚戒指。”

劳拉捡起胡萝卜常玩的一个网球扔到草坪对面。弗雷迪不再往深处挖了，他靠在铁锹上。这时，劳拉来到花园里，想放松一下紧张的神经，看到弗雷迪正在花园里施肥，他冲她笑了笑。

“别担心，会想到办法的。”

劳拉没心情敷衍。特蕾兹和森夏恩都在生闷气，当然，为的是两件截然不同但一样莫测高深的事。上传数据的进度慢了下来，胡萝卜一看到邮差送包裹来，便激动不已，在客厅的地毯上尿了一泡。她没好气地把网球再次扔出去，结果差点摔倒。弗雷迪赶紧继续忙活，以掩饰自己的忍俊不禁。劳拉满心希望那枚戒指能让问题迎刃而解，她把特蕾兹照片外面破碎的玻璃框换掉了，还在旁边放了安东尼和父母的合照，戒指放在照片的前面，甚至还为她播放艾尔·鲍利的歌。

“你怎么知道特蕾兹在生气？”

弗雷迪笑过了，想帮帮忙。

“因为卧室的门还锁着。还有那该死的留声机！”

弗雷迪皱起眉头。

“但我好几天都没听到歌声了。”

劳拉恼火地瞪大眼睛。

“天哪，弗雷迪！你的反射弧怎么这么长！我说的就是这件事！”

弗雷迪丢下铁锹，走过去抱了她一下。

“恐怕你没说清楚，我不擅长猜谜解题，你得把话说得‘清楚易懂’。”他边比画边说道。

“去你的。”劳拉不好意思地笑了。

“好了。”弗雷迪说，“特蕾兹不放艾尔·鲍利的歌，怎么就成了生气？”

“因为现在早上、中午、晚上都听不到音乐了，她干脆不让音乐播放了。”

弗雷迪满腹狐疑。

“我不明白你的意思。”

劳拉叹了口气：“我试着打开音乐，好几次都没声音。一开始，我是好心，我把照片和戒指放好，最后想要放点音乐，属于他们俩的音乐。但就是没法播放，是她不让。”

弗雷迪深思熟虑地说：

“嗯，唱片和留声机都很旧了，说不定唱针该换了，或者唱片被刮坏了。”

看一眼劳拉的脸色，便知道他的观点根本站不住脚。

“好吧，好吧，你肯定查看过了，它们没问题。”

劳拉捡起一个网球，冲他扔过去，这次，她笑了起来。

“哦，天哪！真抱歉，我都给气糊涂了。可是话说回来，我这么努力地帮助她，她却这样做。算了，我给你沏杯茶，还有点巧克力饼干，森夏恩应该还没吃完。”

弗雷迪拉过她的手。

“我不应该抱太大希望。”

厨房里，森夏恩刚刚把水壶放在灶台上。

“来得正好！”弗雷迪说，“我们来喝杯茶。”

森夏恩不声不响，又拿出两个茶杯、茶托。弗雷迪去水池边洗手。

“还有巧克力饼干吗？”他问道。

森夏恩不苟言笑地把饼干盒放在他面前，然后转身去看着水壶。弗雷迪和劳拉面面相觑，开始讨论网站的进展。他们已经决定，为了获得更多关注，可以让认领失物的人把他们的故事发布到网站上。弗雷迪做了一个表格，让物主填写，里面包括丢失时间、地点等信息。网站上发布了每件物品的照片、捡到的大致地点和时间。安东尼贴过的标签上有些具体信息并未发布，为的是等有人前来认领时便于核对。劳拉还有几百个物品的照片需要上传，但现有的失物已经可以让网站运行起来。这将是一项永远不会完结的工程，因为他们可能还会继续收集人们丢失的物品。这周，本地报社将报道这件事，劳拉还到广播电台参加了一次访谈。离网站正式上线的日子，已经不远了。

“如果没有人来认领失物可怎么办？”劳拉担心地咬着指甲。弗雷迪把她的手拿开。

“当然会有人来！”他说，“对不对，森夏恩？”

森夏恩耸耸肩，嘴噘得像翘起的船头。她倒好茶，把茶杯、茶托重重地放在他们面前，茶水洒到了茶托上。弗雷迪举手投降。

“好了，好了，我投降。怎么了，小姑娘？”

森夏恩双手叉腰，没好气地看着他俩。

“你们谁都不听我的。”她静静地说。

现在，他们不敢不听了。她的话凝固在空气中，好像在等着对方的回答。可弗雷迪和劳拉都不知该说什么。他们心怀愧疚，觉得森夏恩说得有理。她身材娇小，天真率直，很容易把她当成小孩子，也自然把她的想法和观点当成童言来听了。但森夏恩是个大姑娘了，理应受到成人的对待。

“我们错了。”劳拉说。

弗雷迪点点头，脸上没有了往常顽皮的笑容。

“对不起，你想和我们说话的时候，我们没有听。”

“是的。”弗雷迪说，“我们如果再犯一次，你就打我们。”

“那枚戒指不是关键。那封信才是。”

“哪封信？”弗雷迪说。

“安东尼去世前写的那封信。”她回答，“跟我来。”

他们跟着森夏恩从厨房来到花房。她拿起艾尔·鲍利的唱片，放到唱盘上。

“是那封信。”她说着，把唱针放到唱片上。

一想到你，我便忘记

那些平常琐碎的事情

# 39

## 尤妮斯

2005 年

“真没想到你要出版……那本书！”

那本精装书的封面大红大黄，俗艳不堪，同一瓶香槟一起包在褐色的包装纸里。这是布鲁斯寄来的，卡片上写着：“安慰你没能出版的遗憾。”邦勃不可置信地摇摇头。

“我还没看。你呢？”

波西娅的新书连续三周占据畅销榜首，作为她的出版商，布鲁斯的尾巴已经翘到天上去了。多亏波西娅，他的身价一涨再涨，不光拿到了铂金信用卡，还和分公司经理平起平坐。

“我当然看过了！”尤妮斯喊道，“不然怎么挑毛病呢！”

“然后呢？”

尤妮斯叹了口气：“你真想知道？这可比她以前做的事糟糕得多。”

“应该能承受得了。”

“好吧，你已经知道了，这本书名叫《哈里特·霍特和硬糖电话》。”

尤妮斯停顿了一下，想看看对方的反应。

“哈里特很小就成了孤儿，由可怕的姑妈和肥胖的姑父抚养，她发誓要离开家，去闯荡世界。她成绩优异，后来在一家卖比萨和烤肉的餐厅工作。在那里，她怪异的嗓音和近视眼镜总被大家取笑。有一天，一个留着长胡子、戴着奇怪帽子的老头来到店里，买了烤肉和薯片，还告诉她，她是独一无二的。那老人递给她一张名片，让她给他打电话。很快，半年过去了，哈里特通过色情电话挣了点钱。她的顾客都喜欢她，因为她的声音很特别——‘好像嘴里含着一块硬糖似的。’原来题目是这么来的。我们的女主角对当下的经济条件并不满意，想要追求自我价值和职业成就。她和那个满脸胡子的老头查斯特·方波福尔一起合作，开了一所色情电话培训学校，名叫‘斯诺格沃尔茨’。

“哈里特教导学生们要把每一位顾客当作英俊的王子对待，虽然他们大多数人更像是癞蛤蟆。最早的一批学生里有珀尔塞福涅和唐娜，两人后来成了她的好朋友、好助手。她们之间又成立了一个大型呼叫中心，学生们可以一边训练一边赚钱。哈里特发明了一种投币游戏，用来鼓舞士气、提高效率。赢家可以收到现金奖励和一个月的硬糖，前提是，她必须在一小时内满足客人，并在每通电话里提到‘妓院’‘身体器官’（两次）、‘爱抚’等词。”

邦勃把脸埋在双手里，笑得抽搐不止。

“这有什么可笑的，邦勃！”尤妮斯喊道，“实在是太不雅了，谁会买这样的书来看？人们花掉辛辛苦苦挣来的钱，买到的却是这种垃圾东西！”

波西娅不仅接受了每档直播节目的采访，听说还被邀请去做演讲。

邦勃欢呼着鼓起掌来。

“那我得花钱去看看。”

尤妮斯瞪了他一眼，他耸耸肩。

“我怎么能不去呢？真庆幸爸妈不用看到这一出。再说，我妈还是妇女协会的主席呢。”

邦勃边想边笑，接着，又换上严肃的神情问道：

“现在，我虽然不敢问，但我还是得知道，这书真有那么露骨吗？”

尤妮斯扑哧一笑。

“露骨吗？！你还记得布鲁斯之前来的时候，一边咒骂佩尔杜，一边教育我们畅销书的关键因素有什么吗？”

邦勃点点头。

“他是这样说的：‘性的描写不应该太露骨。’”

邦勃思考了片刻，又点点头。

“如果他和布伦希尔德的婚姻生活比我们想象的更火热，那还能说得通。否则，一定是他改变了‘露骨’的标准。”

邦勃把双手放在道格拉斯骨灰盒旁边的小木盒上，说：

“捂住耳朵，别听宝贝简叫唤。”

尤妮斯悻悻地笑了笑，继续念道：

“哈里特有个顾客，和面包机做爱；还有一个客户喜欢长胡子、毛发多、脚趾甲向内长的女人；更有甚者，还把身体泡在消毒酒精里，用马毛轻轻抚摸。这才到第二章。”

邦勃把那本书从包装纸中拿出来，打开封面，便看到他的姐姐穿着丝绸睡衣妩媚地笑着。他啪的一声合上了书。

“至少她这次没有把别人的故事照搬过来。确实是她自己编的。”

“但愿如此。”尤妮斯说。

*　　　*　　　*

第二天，有关波西娅的一切，都被布莱顿湛蓝的海水和温暖的海风驱散了。一年一度的出游活动开始了，而且这是头一次没有狗狗的陪伴。自从尤妮斯 21 岁生日时和邦勃来过，这里便成了每年的度假胜地，每次大家都玩得不亦乐乎。他们先到海边去散步。以前，有道格拉斯和宝贝简陪着，路人的称赞和艳羡使他们备感自豪。他们先来到码头，在老虎机前消磨时光。午饭吃了点炸鱼和薯条，喝气泡酒，最后到皇家凉亭去。这次，当他们走向码头的时候，尤妮斯不禁忧愁起来。邦勃在10分钟内问了她两次，以前他们有没有来过。第一次，她以为邦勃在开玩笑；可第二次，她看着他的眼睛，却看到了一张真诚无邪的脸。这情景多么熟悉，熟悉得让人害怕，让人肝肠寸断。那是戈弗雷的影子。他正跟随着父亲痛苦的脚步，向着尤妮斯不敢想象的地方走去。现在，症状还不明显。但尤妮斯明白，随着时间的推移，他的记忆力会像在沙子上写下的字一样脆弱不堪，任潮水冲淡。现在，邦勃还不知道自己的变化，像癫痫发作一样，他总是很快地将其抛在脑后。但每一分每一秒，尤妮斯都真切地经历着，只觉得心如刀绞。

码头的游乐场里，灯光闪烁、铃铛作响地迎接着游客。尤妮斯留邦勃站在一台老虎机旁，看着一捆捆硬币来回挪动，猜测有哪一个会先掉下来。她则去换零钱。等她回来的时候，发现邦勃像个走丢的孩子，手里拿着硬币，盯着机器，不知所措。她轻轻拿过硬币，放入投币口，他看着一串硬币掉下去，又叮叮当当滚到下面的金属盘上，开心极了。

这一天，开心而平静地过去了。这次没有小狗的陪伴，他们能一起欣赏凉亭内部的景色，他们一边观赏吊灯，一边赞叹不已。两人坐在花园的长椅上，沐浴着夕阳泛红的微光，邦勃拉过尤妮斯的手，满足地长嘘一口气。

“这个地方真美。”

# 40

那只海蓝色皮手套的失主是一位已故的女士。“失物集合站”的运营并不顺利，网站上线的第二天，一个退休的记者发来邮件。她原是当地报社的老员工，在信中回忆起她的第一篇正式报道。

*　　*　　*

“那件事还上了头版头条。那个女人才 30 多岁，居然卧轨自杀了。火车司机当时快崩溃了，他是新来的，才开了几个星期。死者名叫露丝，她生前有病，人们说她精神不好。我记得她有个女儿，很可爱。露丝的外套口袋里有一张女儿的照片。报社把新闻报道和照片一起登了出来，我不太赞成，但是编辑不听我的。后来，我去了那女人的葬礼，太可怕了，遗体都是七零八落的，但那张照片还在她的口袋里，而且她手上只戴了一只手套。这个细节真让人心酸。那天太冷了，不然我也不会记得这么清楚。”

*　　　*　　　*

森夏恩上次从抽屉里拿出来又失手掉到地上的，就是这只手套。那时候她就说过“那位女士死了”“她很爱那个小女孩”。看来森夏恩说得没错。他们应该多听听她的话才对。森夏恩面无表情地看完了邮件，只说了一句：“那个小女孩可能会需要这只手套。”

森夏恩带着胡萝卜出去了。现在，她大部分时间都在外面收集失物，带着一个笔记本和一支笔，以便记下失物信息。弗雷迪给一个客户铺草坪去了，于是劳拉一个人在家。不过，还有特蕾兹陪着。

“我知道，我知道！”她大声说道，“我今天就找，说到做到！”

自从森夏恩告诉他们安东尼的信才是他们需要的线索后，劳拉便一直在寻找那封信。一开始，她以为放在了特蕾兹卧室的梳妆台上，但那屋的房门锁着，没法查看。况且，特蕾兹应该不会阻止劳拉找到她想让她找到的东西。来到书房，劳拉准备先查看邮件，网站已有了几百次点击量，有两封未读邮件。

其中一封是一位89岁老太太发来的，她在广播里听说了这个网站，决定来看看，说几年前在科博大街上捡到的那片拼图可能是她的，或者说，是她姐姐的。有一天，姐姐冲她发脾气，她便拿走了她正玩着的拼图中的一片。她到外面散步，把拼图扔到了路边。“挺孩子气的，我那么做。”她说，“但是她有时候坏透了，她发现拼图丢了，就火冒三丈。”老太太不想要回那片拼图。她的姐姐早就去世了，但是，她说，她可以借此机会练习发邮件。

第二封邮件是个年轻女子发来的，她要认领一根黄绿色的头绳。那是她妈妈给她买的，为了让她在去新学校上学的前一天放松心情。那天她和妈妈一起出去，回家的路上，她把头绳丢了。现在能把它要回去留个念想，是再好不过的。

劳拉回复了这两封邮件，便开始寻找安东尼的那封信。森夏恩带着胡萝卜回来的时候，劳拉正坐在厨房桌前看着那封信。原来，她把它放在花房的书桌里了。刚一找到，便想起来，当初为了安全起见才把信放在那儿的。森夏恩沏好茶，坐在劳拉旁边。

“信上写什么了？”她问。

“什么上写什么了？”弗雷迪突然从后门进来，靴子上沾满污泥。劳拉和森夏恩看了他一眼，齐声说道：“别过来！”

弗雷迪笑了起来，艰难地脱掉靴子，放在外面的门垫上。

“还有谁比我妻管严？”他叫道，“好了，这都是些什么？”

“安东尼留下的信。我们马上就能知道线索了。”森夏恩充满信心地说。劳拉开始高声朗读，突然悲伤涌上心头，那一字一句卡在嗓子里，念了一行便哽咽在喉。森夏恩轻轻拿过信纸，慢慢地、认真地念着，遇到不认识的字便让弗雷迪教她读，念到安东尼让劳拉照料森夏恩的部分，她会心一笑。

“是我先来找你的！”她说。

劳拉握着她的手。“幸好你来了。”她回答。

弗雷迪拍了拍桌子。

“别煽情了，你们俩。”他说，“线索是什么？”

森夏恩开心地看着他，发现他不苟言笑的样子，便板起脸来。

“真没看出来啊……”她看看劳拉，想获得支持。

“嗯，不知道有什么……”劳拉犹豫不定地说。

弗雷迪拿起信又看了看。

“来吧，”他对森夏恩说，“给我们指点指点。”

森夏恩像个对学生失去信心的老师，叹了口气，摇摇头，说：“这不是明摆着的嘛。”

等她解释完，他们才反应过来，可不是明摆着的嘛。

# 41

## 尤妮斯

2011 年

今天是个好日子，但也只是没有其他时候那么糟而已。最好的情况也只是看到邦勃迷惑不解的微笑，时不时记起尤妮斯是谁，而更多的时候，是看着自己深爱的人落下眼泪。她挽着邦勃的手臂，在幸福港湾护理中心所谓的“玫瑰园”里散步，那里实则只是一块荒地和水泥石板路，能和玫瑰园搭上关系的，只有土里长出的几株棕色弯枝。尤妮斯本想哭一场，可今天是个好日子，不可辜负。

邦勃原想去快乐之家住。他知道那是他无法逃避的宿命，所以趁记忆还没完全消失，便说明了自己的心愿。他一直想在时机成熟的时候把委托授权书交给尤妮斯，以便未来发生什么，可以及时补救，或者让他体面地离开。他很放心把自己的生命托付给尤妮斯，不管这条命值不值钱，她都会做出正确的选择。不过波西娅先来了，带着万能的金钱和亲属的身份，劝他去见一名专家。那医生无疑收了她的好处，但仍然给邦勃判了死刑。他的未来只能指望姐姐了。

过了一周，邦勃来到幸福港湾。

尤妮斯站在他这边据理力争，想让他住进快乐之家，但波西娅无动于衷，说快乐之家太远了，不方便探望，而且过不了多久，邦勃就不知道自己在哪儿了。但现在他还知道。这一切让他生不如死。

出乎意料地，波西娅真的来看望他了，但每次的陪伴都那样别扭、紧张。她一会儿对邦勃指指点点，一会儿又害怕地躲到一旁。邦勃对这两种举动的反应只有迷惑不解。夺去了他选择住所的权利，波西娅给他带来一堆昂贵无用的礼物。他不知道咖啡机有什么用，更别说怎么用了。须后水被他倒进马桶里，照相机被用来挡门。波西娅之后再来的时候，就直接跑去和员工西尔维娅喝茶聊天了。那人是个马屁精，《哈里特·霍特》系列的忠实粉丝，而那本书，都写到第三部了。

尤妮斯绞尽脑汁，把邦勃的房间布置得温馨舒服。她从家里带来了他的地毯，把道格拉斯和宝贝简的照片放在架子上、桌子上。但是没用，邦勃的记忆越来越模糊。

尤妮斯和邦勃在花园里，他们并不孤单。尤拉莉亚正喂一只喜鹊吃面包屑。她是个消瘦的老太太，肤色暗沉，眼睛炯炯有神，嘴里不停地碎碎念，拄着拐棍，步步艰难。其他人都躲着她，但邦勃总是友好地向她挥手致意。他们一圈一圈地走着，像犯人放风似的，心无杂念地走着。尤妮斯是不敢想，而邦勃则是无事可想。尤拉莉亚把最后一块面包扔向那只黑白相间的鸟。它从地上啄起食物，吞了下去，明亮的眼睛注视着尤拉莉亚。她挥了挥拐杖，说：

“走吧，快！要不等会儿他们就把你放锅里煮了！你还不知道他们是什么人嘛！”她说着，冲尤妮斯做了个鬼脸，“它们总在这儿拉屎！”

自厨房开着的一扇窗里飘出一股饭菜香，尤妮斯不得不承认，她说得有道理。

“他可真疯狂。”尤拉莉亚指着邦勃说，“疯得像热锅上的蚂蚁。”她把拐杖往地上一掷，一步一晃地往屋里走去。

“但他内心是个善良的人。”她边走边说，“善良，可惜快死了。”

回到邦勃的房间，尤妮斯拉开窗帘，让冬日惨淡的阳光照进来。这间位于二楼的屋子干净宽敞，有一扇法式窗户和一个阳台，但邦勃不能靠近那里。

“有益健康和安全。”护理助手说着，把窗户嘭的一声关好，把钥匙放在墙上的医药柜里锁了起来。尤妮斯第一次看望邦勃的时候打开过窗户，那个闷热的夏日，房间里的空气叫人憋闷。钥匙原本锁在柜子里，自那天后，就不见了。

“我们一起看电影吧？”

邦勃笑了。现在，他的生活就像没有装订的书稿，页码是乱序的，有的撕碎了，有的重写过，有的丢了。原始的版本不见了。但他还能在看过多次的老电影中寻到似曾相识的快乐。他现在经常记不起自己的名字，记不起早餐吃了什么，但他还能一字不差地背出《大逃亡》《相见恨晚》和《壮志凌云》里的经典台词。

“看这部怎么样？”尤妮斯拿起《假凤虚凰》。

他抬起头，有那么短暂的一刻，露出了珍贵的一笑，心里的迷雾播散开来。

“我的生日礼物。”他说道。尤妮斯终于明白，她的那个邦勃还在呢。

# 42

“它还在那儿。”森夏恩担心地说。

胡萝卜在仓库里把守着，它抓住了一只老鼠，森夏恩担心胡萝卜会把老鼠当午餐。劳拉在书房里，寻找下午将被认领的失物。

“别担心，森夏恩。我确定有胡萝卜在，那只老鼠绝不敢露出一根汗毛。”

森夏恩不相信。

“那可不一定，说不定胡萝卜会把它咬死。”

劳拉笑了。她现在太了解森夏恩了，知道她不做点什么是不会放弃的。两分钟后，劳拉拖着顽皮的胡萝卜回来了。到了厨房，她从冰箱里拿出一根香肠给它，然后解开狗链。不等森夏恩说话，她便安慰道：

“不管下面有只米奇还是米妮，现在都很安全。我把仓库门关好了，现在它有香肠，就不会饿了。”

“它总是饿。”森夏恩咕哝着，看着胡萝卜淘气地溜走了。

“那位女士什么时候来？”她问劳拉。

劳拉看了看表。

“该来了。她叫爱丽丝，等她来了，你可以沏杯茶给她喝。”

说曹操曹操到，门铃响了，劳拉刚迈开步子，森夏恩就跑到了门前。

“下午好，爱丽丝小姐。”门外的姑娘显然被突然打开的门吓了一跳，“我是森夏恩。请进吧。”

“这名字真好听。”

姑娘跟着森夏恩进了门。她又高又瘦，一头长发，鼻尖上缀着几颗雀斑。劳拉伸出手来。

“嗨，我是劳拉，很高兴见到你。”

森夏恩熟练地带着她来到花园，留下劳拉去沏茶。当她端着茶具出来的时候，看到爱丽丝和森夏恩正讨论着喜欢的歌手。

“我们都喜欢大卫·鲍威。”劳拉倒茶的时候，森夏恩自豪地对她说。

“大卫知道了，一定很开心。”劳拉笑着说，“你喜欢喝什么样的茶？”她问爱丽丝。

“我要建筑工香茶。”

森夏恩担心起来。

“我们好像没有那种茶吧？”她问劳拉。

“别担心，森夏恩。”爱丽丝很快察觉到了她的不安，“是我没说清楚，我是指加牛奶和两块糖。”

爱丽丝是来取一把伞的，一把童伞，上面有红色桃心。

“其实不是我丢的，”她解释说，“而且我也不确定那把伞是不是给我的。”

森夏恩从桌上拿起那把伞，递给她。

“就是给你的。”她说。从森夏恩脸上毫不掩饰的热情里，劳拉看得出，她可以眼睛不眨一下就把自家的银器都交给爱丽丝，然后把帕多瓦的房契也交给她。

爱丽丝拿起雨伞，轻轻抚摸着。

“那是我第一次去美国。”她说，“妈妈带我一起去纽约出差，她是个时尚杂志的编辑，和一个新设计师安排了一次访谈。据说那个人是纽约时尚界的下一个领头人，后来，他真的成功了。但我只记得他当时看着我，好像我是刚从麻风病隔离区逃出来似的，他肯定不喜欢小孩子。”

“什么是麻风病隔离区？”森夏恩问道。

爱丽丝看了劳拉一眼，最后决定即兴发挥。

“是以前收治重病患者的地方，得了这种病的人，手指、脚趾会掉下来。”

劳拉敢赌一万块，森夏恩在接下来的五分钟里，会一直偷偷地数着爱丽丝的手指、脚趾。谢天谢地，她穿的是凉鞋。

“当时，我们没有时间游玩。”爱丽丝继续说，“但她答应带我去看中央公园里的爱丽丝梦游仙境雕塑。记得当时我乐坏了，还以为那座雕塑是以我的名字命名的。”

她脱掉凉鞋，把脚放在清凉的玻璃上。森夏恩也学着她做。

“那天下午下着雨，妈妈的约会已经迟到了，所以脾气不太好，但我太兴奋了，就跑到她前面去看雕塑。那儿有一个高个子黑人，梳着辫子，穿着靴子，送伞给路人，他那样子又善良又悲伤，他的名字叫马文。”

爱丽丝喝光了杯子里的茶，又倒了一杯。

“当时，我最喜欢的故事是奥斯卡·王尔德写的《自私的巨人》。马文和那个巨人很像。但他一点儿也不自私。他在给大家发免费雨伞。但是，妈妈赶到的时候一把把我拽走了。这还不是全部。她对马文粗鲁无礼。他本想给妈妈一把伞，可她的举动像个坏人似的。”

森夏恩听到那骂人的字眼，惊奇地瞪大双眼，满目崇拜地看着她。

“我才刚刚认识他，但没法忘记我被妈妈拽走时，他脸上的表情。”

她叹了一口气，然后想起另一件事，又喜笑颜开。

“我向他抛了一枚飞吻，”她说，“他接住了。”

雨伞标签上的日期和爱丽丝去中央公园的日期吻合，伞也是在雕塑前发现的。劳拉开心极了。

“这把伞肯定是你的。”

“但愿如此。”爱丽丝说。

这一天，胡萝卜一直守在仓库门前，森夏恩谈论着她的新朋友爱丽丝。爱丽丝是一名戏剧专业的大学生，喜欢大卫·鲍威、马克·伯兰和简·霍维斯。而那杯茶也有了名字——建筑工专属茶。

那晚，吃着肉酱意面，劳拉把爱丽丝的故事告诉了弗雷迪。

“有效果了，”弗雷迪说，“我们的网站正在帮助你完成安东尼让你做的事。”

劳拉摇摇头。

“不，还算不上。还记得他说，‘你能通过归还失物，让一个人快乐，弥补一颗破碎的心’吗？我还没做到。当然，爱丽丝很高兴能找到那把伞，但是我们无法保证，那把伞就是给她的。那个认领头绳的女孩子，丢头绳的时候，也没有心碎。”

“好吧，但至少这是个好的开始。”弗雷迪把椅子往后一推，站起身，要带胡萝卜到花园里遛一圈再睡觉，“最后总会有办法的。”

但除了失物，还有那条线索，就是森夏恩曾指出来的再明显不过的线索。那就是促使这一切发生的东西。安东尼称之为牵着他和特蕾兹的“最后一根线”。在特蕾兹去世的那天，他把它弄丢了，那根线也就断了。如果她的圣餐礼真的是两人重聚的关键，他们该怎样找到它呢？弗雷迪建议把它当作待寻失物放到网上，但他们不知道那件物品的样子，也不知道安东尼是在哪里丢下的，所以没什么有效信息可以发布。

劳拉清理了桌上的碟子。漫长的一天让她疲惫不堪，但爱丽丝的到访让她得到了很大的满足，稀释了原本的不安。

花房里，音乐再次响起。

# 43

## 尤妮斯

## 2013 年

幸福港湾的大厅里响起了曼托瓦尼的歌曲《夏尔曼》，声音越来越大。是埃迪开大音量的，好随着音乐在舞池里翩翩起舞。她穿着金色的舞鞋跳跃，彩虹般的光点在她周围旋转。

尤妮斯和邦勃从大厅往房间走，她看到一个瘦削的老太太，满头灰发，踩着格子拖鞋，带着用破布包着的一堆衣服。她闭着眼睛，颤颤巍巍地在大厅里转圈，双臂环抱着空气，好像抱着一个舞伴。突然，座位那边传来了咒骂声，有人边喊边用拐杖在地上猛敲。

“又来了！我的上帝！又来了！又来了！又来了！”

尤拉莉亚从椅子上一跃而起，一边比画一边骂道。

“你这个疯婆子！能不能安静点！”她吼道，把拐杖朝着对方扔过去。那跳舞的人停下来，拐杖没打中她，但她痛苦地哀号着，眼泪顺着脸颊淌下来，尿湿双腿，湿了拖鞋。尤拉莉亚又挣扎着站起来，指着她说：

“她尿裤子啦，都尿到地板上了。”她唾沫横飞地狂笑起来。尤妮斯想拉着邦勃走，但他却定在原地不动。其他老人开始叫嚷，有的呆呆望着远方，浑然不觉，或者是假装什么也不在乎。来了两个工作人员把尤拉莉亚制止住，西尔维娅也拉开了埃迪。她浑身颤抖，哭哭啼啼，睡衣的裙摆还滴着尿液，最后拖着双脚，抓着西尔维娅的胳膊悲痛地离开，心里疑惑舞池怎么不见了。

回到邦勃的房间，尤妮斯沏了杯茶。她一边喝，一边查看邦勃收集的赃物。他开始偷东西了，都是些不需要的物件，一个花瓶、一个保温罩、几个餐具、几卷垃圾袋，还有雨伞。他只在公共区域偷东西，从不到别人房间去，这显然也是疾病的症状之一。不过，他也在往外“丢东西”，床，已经不叫床，而是“柔软的，睡觉用的方块”；铅笔也不叫铅笔，而是“一根中间是灰色的，能写字的棍”。他讲话，不再使用确切的名词，而是用其他词语来形容。尤妮斯提议一起看一部电影。这是两个同事、朋友间仅存的娱乐。邦勃的朋友们偶尔会来看他，但尤妮斯一刻不离。他们是没有领证的夫妻，散步和看电影成了这段曾经深厚的友谊中，最后的微小片段。

邦勃选了一部电影——《飞越疯人院》。

“你确定？”尤妮斯问。她想看些轻松搞笑的，为着两人最近的状态，为着刚刚目睹的一幕，但邦勃却毫不动摇。他们看着精神病院的病人们在铁链围成的院子里走着，邦勃指着屏幕看着她。

“那就是我们。”他说。

尤妮斯看着他的眼睛，讶异于他此刻竟如此清醒。

这部电影他们看过很多次了，但这次却颇为不同。

“我不会丢下你走的，麦克，我不会这样离开你的，你跟我来，我们一起走。”

看到大个子把枕头放在麦克空虚的脸上，轻轻地压在上面，让他窒息而死的一幕，邦勃抓住尤妮斯的手，说出了四个字。

“救我出去。”

他想要她兑现承诺了。尤妮斯盯着屏幕，紧抓着邦勃的手，看着大个子把饮水机从浴室的地上搬起来，朝着大窗户砸去，向着晨曦与自由奔跑。直到影片结束，尤妮斯也动弹不得。邦勃拉过她的另一只手，眼里满是泪水，但仍然笑着点点头，轻轻地对她说：

“求求你。”

尤妮斯还未来得及说话，一名护士门也不敲便进来说：

“该吃药了。”她匆忙走来，把钥匙插进墙上药箱的锁孔里。刚刚打开药箱门，便听到外面的走廊里响起一声惨叫，接着是尤拉莉亚的笑声。

“这个挨千刀的老太婆！”护士骂了一句，急忙朝门外走去，药箱就这么开着。

*　　　*　　　*

尤妮斯必须走了，但她还有邦勃，她不忍心离开。当下的一分钟，都只是前一分钟的重复，毫无差别。因为决定已下，尤妮斯知道，机会只有一次，只要一秒，她对这个人所有的爱，将凝结成巨大无比的力量。时间到了，钥匙紧紧攥在她的手里，尤妮斯打开窗户。她多么想最后一次抱抱他，感受他的温度和呼吸。但她知道，那样会损耗自己的勇气，于是，她把钥匙放在邦勃手里，在他脸上轻轻一吻。

“我不会丢下你走的，邦勃，我不会这样离开你，你跟我来，我们一起走。”

随后，她便离开了。

# 44

老年男子在护理中心坠楼身亡。

在布莱克西斯幸福港湾护理中心，警方正在调查一名老人的死因。此人于周六傍晚从二楼阳台坠楼。死者姓名不详，生前患有阿尔茨海默病，据悉曾是一名出版商。尸检将于本周展开，警方将继续调查这一“原因不明的死亡”事件。

《伦敦标准晚报》

# 45

“书房里有个死人。”森夏恩对劳拉说。劳拉正在花园里剪玫瑰，准备插进花瓶摆在屋里。森夏恩过来，想叫她做饭吃。胡萝卜四脚朝天地躺着晒太阳，见森夏恩来了，便跳起身来迎接她。

网站上线已经一年了，森夏恩和劳拉一直都很忙。森夏恩负责拍照、上传照片和信息，弗雷迪还教她在图片分享软件里注册了失物集合站的账号。劳拉负责收发邮件。他们一边处理安东尼收集的失物，一边添置新的失物，都是森夏恩遛狗时捡来的。劳拉和弗雷迪也养成了随处捡东西的习惯。后来，人们也开始把捡到的东西送到这里来。按照这个进度，书房快要挤爆了。

“一个死人？你确定？”

森夏恩看了她一眼，劳拉进屋去查看。到了书房，森夏恩拿来一个亨特利与帕尔默牌饼干盒。上面的标签写着：

亨特利与帕尔默牌饼干盒，内有疑似人体骨灰。

在 14 时 42 分由伦敦大桥开往布莱顿的列车上，第 6 节车厢里捡到。

**逝者身份不明。愿上帝保佑，愿逝者安息。**

卢平和布特尔殡仪馆位于一条繁华街道的一角，对面是一家蛋糕店。尤妮斯站在外面，笑着回忆道尔太太的生平，觉得这个地方对邦勃来说再合适不过。他已经去世六个星期了，尤妮斯错过了他的葬礼。尸检的结论是，他死于意外，但幸福港湾的工作人员因玩忽职守受到了严厉的谴责，而且极有可能将被起诉。波西娅差点要了西尔维娅的命，她对着媒体和报社的采访人员痛哭流涕。但尤妮斯禁不住怀疑，她是真的伤心，还是为即将到来的签售会积攒人气。波西娅现在是个名人，不能直接和尤妮斯讲话。这种琐事都是交给助手去做。于是，尤妮斯此刻正从窗子外看着一辆马拉灵车的模型和许多马蹄莲花圈，她从那个助手口里得知的唯一信息，便是葬礼负责人的名字。尤妮斯大可不必过来，打个电话就好，但她想和邦勃再一次同处一处。

坐在柜台后的女人听到门铃，抬起头，朝尤妮斯露出真诚的笑容。保琳是个大个子，穿着玛莎牌衣服，有种亲和、能干的气质。但她将要告知的消息，会让尤妮斯经历最为残忍和震惊的痛苦。

“葬礼是上周举行的，亲爱的，人不多，家人只去了教堂，谁都没去火葬场。是他姐姐操办的，就是那个写了几本破书的人。”

保琳说出“姐姐”这个词的时候，语气里充满厌恶。尤妮斯感觉天旋地转，地板离她越来越近……不久后，她坐在沙发上，喝着热茶，保琳拍拍她的手。

“你刚刚晕倒了，亲爱的。”她说，“脸色惨白惨白的。”

吃了茶点，有了精神，尤妮斯慢慢地了解了整件事的经过。波西娅想把这件事尽快了结。

“她要去宣传新书，不想打乱行程。”

保琳喝了一口茶，愤愤地摇了摇头。

“等她办追悼会的时候，就有了炫耀的资本，办了一场葬礼，埋葬了骨灰。她要邀请所有人来，到时候还会请天使合唱团来演唱，还有神父主持仪式。”

尤妮斯听得又惊又恐。

“但那根本不是邦勃想要的。”她含泪说道，“他和我说过他想要什么。他是我一生的挚爱。”

可现在，在最后的时刻，她却要辜负他了。

保琳一边听着，一边帮她擦眼泪，这是她的职责。但在那身衣服的包裹下，藏着一颗勇敢的心。那头金色的短发原是一头粉色的莫西干发型，而鼻子上至今还有一个鼻环留下的小疤痕。她递给尤妮斯一张纸巾。

“今天下午所有人都有工作，我平时可不会这样，不过……跟我来！”

她带着尤妮斯从走廊里经过员工厨房、休息室和其他房间，来到存放骨灰的地方。她从一个架子上拿下一个漂亮的木盒，看了看标签。

“这就是他。”她轻轻说道，然后看了看表，“我现在给你们一点儿时间，他们一个小时后才回来，不会有人打扰你。”

她捏了捏尤妮斯的手臂：“不管你想做什么，都不要告诉我。”

还没过一个小时，尤妮斯已经带着一个亨特利与帕尔默牌饼干盒坐上了一列火车。饼干盒里装着邦勃的骨灰。保琳离开后，她思绪飞快，动作敏捷，在保琳沏茶的厨房里找到了一个塑料袋和饼干盒。她把饼干放到袋子里，再把骨灰倒进饼干盒，最后将饼干放在骨灰盒里，但盒子太轻。她又疯了一般，去找其他东西，在另一间屋子里找到一盒装饰沙石，扔了几把沙子到骨灰盒里，盖好盖子，放回架子上。最后，她拿着饼干盒经过前台时，保琳都没有抬头看一眼，只是竖起大拇指，祝她一切顺利。

警卫吹了一声口哨，尤妮斯充满爱意地笑着拍了拍盒子。

“就去布莱顿吧。”

劳拉吓了一跳。她拿起盒子，轻轻晃了晃，真的很重。

“别晃！”森夏恩说，“你会把他吵醒的。”然后被自己的笑话惹得咯咯笑。

劳拉不敢想象书房的角落里还藏着什么东西。

“怪不得这个地方总不得安宁。”她对森夏恩说。

午饭后，劳拉帮忙把这件失物的信息上传到网页，但她敢肯定，不会有人来认领这件物品。

那晚，弗雷迪、劳拉、森夏恩、胡萝卜、斯特拉和斯坦在失踪月亮酒吧里一起庆祝网站的一周岁生日。森夏恩如数家珍地讲着新进的失物，其中篇幅最长的是那个饼干盒。

“哪有人会丢这种东西？”斯特拉边吃边说，“而且怎么会有人把自己爱的人放在饼干盒里？”

“说不定就是因为爱呢。”斯坦说，“也许盒子里的人没人爱，别人只是想摆脱掉他。”

“说不定那根本就不是人的骨灰。可能是谁家的壁炉里扫出来的烟灰。看上去也很像。”弗雷迪喝了一大口酒说。

森夏恩正要反驳，见他朝她眨了眨眼，才知道他只是开玩笑。

“那就是一个去世的人，他是另一个人的毕生所爱。她会来接他的。”她反驳道。

“好吧。”他回答，“我们来打赌吧，如果有人来认领的话，你想要什么？”

森夏恩板着脸，喂了胡萝卜几根薯条，思考着。突然，她喜笑颜开，靠在椅子上，双臂交叉在胸前，长舒一口气。

“你得和劳拉结婚。”

弗雷迪一口喷出了刚喝的酒。

“悠着点，伙计。”斯坦说，“森夏恩，你可真厉害。”

劳拉脸红了。斯特拉和斯坦开心地笑着，森夏恩也笑开了花。劳拉真想找个地缝钻进去，然后猛地喝完杯中的酒，又叫了一大杯。弗雷迪正擦着溅到衣服上的酒，但等他抬起头看到劳拉的脸，便一跃而起，向森夏恩伸出手。

“一言为定！”

那晚，天气很热，空气中弥漫着玫瑰的芬芳。弗雷迪和劳拉在园中散步，胡萝卜在花丛中机警地放哨。劳拉有话要说。

“和森夏恩打赌的事，那只是个玩笑。我不要，求你……”她尴尬地不知如何继续。

弗雷迪拉起她的手，把她拽到面前：“打赌就是打赌，我说到做到！”

劳拉抽回手。玩笑已经不重要了。所有对恋爱的疑虑，对失败的恐惧，对自己不完美的沮丧都在那一刻汇集成一股飓风。

“别担心！”她吼道，“你不用策划一出周密的逃跑计划！我知道，这段关系里，我永远是那个占下风的人。”

“不对，”弗雷迪回答，“你是那个占上风的。”

他正想办法破入这情感的旋风中，但劳拉的风力正在增强，她什么也听不进去。

“我不需要施舍！劳拉你可真悲哀！守不住丈夫，好几年来唯一的一次约会成了灾难现场，你怎么想的，弗雷迪？和她约几次会，让她以为自己值得被爱，等她渐渐认真对待时，再把她抛开？”

像一只落入陷阱的小鸟一样，她越是反抗，束缚就越紧，但她控制不住。她知道她现在有多不理智，而且出口伤人，但她停不下来。弗雷迪静静地站在那儿，听着这些咒骂、怨念，等她耗尽气力。当劳拉转身回去的时候，他开口了。

“我本来想向你求婚的。”他伤心地摇摇头，“但森夏恩正好夺走了这个机会。”

劳拉停下来，不敢面对他。

“我还是会拒绝的。”

她一边往屋里走，一边静静地落泪，而黑暗的玫瑰园中传来了哭泣声。

# 46

## 尤妮斯

2013 年

波西娅一把将骨灰盒里的饼干砸了个稀碎。她本想去圣保罗大教堂或者威斯敏斯特教堂举行追悼会，但有些东西是再多的钱也买不到的，于是她只能在梅费尔酒店将就了。尤妮斯坐在后排指定的座位上，所有的椅子都罩着黑色丝绸椅套，与背景交相呼应。大厅奢华至极，铺着原木地板，摆着落地式古董镜，高保真的音箱里传出莫扎特的《安魂曲》，好似请来了交响乐团和合唱团在屏幕后面奏唱。百合花、兰花在架子上、底座上搔首弄姿，在镜面的映射下显得无比妖媚。

尤妮斯和邦勃儿时的好朋友嘉文坐在一起，他是个有名的发型师，合作的客户都是明星大腕，也怪不得波西娅会请他来。

“丧心病狂！”嘉文压低嗓音吼道，“来了这么多人，能有几个认识邦勃的！”

他朝过道上来回忙碌不停的摄影师冷笑一声，看他穿梭在一排排座位间，逮着机会拍摄那些前来吊唁的名人。这场追悼会冠名给了一家没人爱看的杂志。在座的大多是波西娅的朋友、同事和找她帮忙的人，偶尔进来一位名士，便将众人的目光引去。而邦勃的朋友都坐在尤妮斯和嘉文身边，像剧院里买不起前排座位的观众。

大厅前面，一张堆满鲜花的桌子上放着骨灰盒，一边放着邦勃的巨幅照片（“邦勃绝不会选这张照片的，”嘉文悄悄说道，“头发太乱了。”）；另一边放着邦勃和波西娅小时候的照片，邦勃骑着自行车，波西娅坐在前面。

“她可真是不放过任何露脸的机会！”嘉文愤慨地说，“这是邦勃的葬礼，她也要抢他的风光！好在我劝说她请了几个邦勃的朋友，才让这个破地方有了邦勃在意的人。”

尤妮斯赞叹不已：“你怎么做到的？”

嘉文笑了：“我威胁她，如果不答应就曝光给媒体。‘自私姐姐对弟弟的遗愿视而不见’，她的出版商可不想看到这样的报道，她清楚得很。说到出版商，布鲁斯怎么没来？”他抬头扫视了一圈。

“哦，他应该和波西娅一起来。”尤妮斯说，“你来做什么呢？”

嘉文得意地笑起来。

“有个惊喜，我给你点提示。还记得电影《真爱至上》里那场婚礼的开头，乐队是藏在人群中的吗？”

话没说完，大厅里突然换了音乐，伴着《布兰诗歌》里的《命运女神》，波西娅带着一群人从过道上走来。她穿着一件白色阿玛尼套装，戴着黑色宽檐帽子。

“老天爷！”嘉文说，“不知道的还以为她要和米克·贾格尔结婚呢！”

他抓着尤妮斯的胳膊，笑得抽搐不止。尤妮斯满眼泪水，那是笑出来的泪水。她真希望邦勃也在这儿分享这份开心。其实，她多想知道邦勃现在身在何处。她还没把实情告诉嘉文，得等合适的时机再说。追悼会出其不意地搞笑：当地一个学校儿童合唱团演唱了《飞跃彩虹》；布鲁斯代表波西娅朗诵了一首赞美诗，像《哈姆雷特》的经典独白似的；一个拍肥皂剧的女演员朗诵了一首 W.H. 奥登的诗歌；一个退休的主教念了祈祷词，原来他的女儿是波西娅的旧相识。主教早上喝了威士忌，或者说，威士忌就是他的早餐，结果口齿不清，草草了事。

最后，轮到嘉文上场了。

他从椅子上站起来，走到过道上，用藏在座位下面的扩音器，夸张地对在座各位说道：

“女士们，先生们，谨以此节目献给邦勃！”

他重新坐下，人群中掠过一片猜测的嘘声。嘉文看了尤妮斯一眼，眼睛一眨。

“开始！”他悄悄说。

一声简单而动人的和弦响起，接着，从大厅后面传来一个轻柔的男声，伴着钢琴声唱着：

我就是我，独一无二的我

来看一看，把我赶走，或者为我鼓掌

唱歌的男人面容英俊，穿着整洁的晚礼服，还画了一撇眼线。

这是我的世界，我想要一点儿尊严

不想躲躲藏藏

他走到大厅中央，歌曲渐入佳境。六个坐在最后几排、离过道最近的女孩子站起来，脱下外套，露出戏服、珠宝和惊艳的尾羽。尤妮斯没料到会有这一出。等歌手和女孩子们到达大厅前面，歌曲也进入了高潮。他站在骨灰盒前面，转身面向观众，唱出了最后的歌词，女孩们在他身后排成一排，一起跳踢腿舞蹈。

生命只有一次，不能倒退，不能撤回

所以，你该敞开心扉

生命本来一文不值，除非你勇敢地做自己

最后一个音符落下，全场起立，爆发出雷鸣般的掌声，只有波西娅一个猛子栽倒在地。

嘉文带着胜利的喜悦，扬扬得意地一路走到肯特的墓园。在这里，那个装着饼干的骨灰盒将被埋葬在格蕾丝和戈弗雷的旁边。波西娅准备了一队加长豪车接送大家，但尤妮斯和嘉文选择了自行前往，坐在嘉文的奥迪敞篷车里，边听音乐，边吃薯片。尤妮斯一想到要让格蕾丝和戈弗雷同一盒饼干葬在一起，便心生愧疚。但她知道，情况特殊，他们会理解的。等他们到了墓园，尤妮斯把事情一五一十地道了出来。

“我的天王老爷列祖列宗！”他惊呼道，“你现在打算怎么办？”

尤妮斯对着后视镜检查了一下帽子，然后打开车门。

“我也不知道。”

# 47

苏珊打开电脑，查看了答复机上的消息。周一的早上总因周末送来的流浪猫狗而变得忙碌无比。她在巴特西宠物之家工作了十五年，见证了这里的无数变迁。唯一不变的是，每天都有新的小家伙前来报到。邮件已经送来，苏珊开始整理归类。其中一封是用钢笔写的，字迹横飞潦草，苏珊不禁好奇地打开了。

敬启者：

为纪念我刚刚去世的弟弟，随信奉上一笔捐款。他生前喜欢狗，从贵处领养过两只。捐赠这笔款项，唯一的条件便是请在贵处的公开场地里树立一块他的纪念牌。请在牌上写如下字样：

纪念邦勃，一个孝顺的儿子、可爱的弟弟、忠诚的朋友、善良的狗主人。

与道格拉斯和宝贝简安息于此。

我会在适当的时间派人过去，把事情安排妥当。

波西娅·布洛克利

苏珊不可置信地摇摇头。以前，所有的捐款他们都会感激地收下，但这样的纪念牌造价不菲。她看了看随信附赠的支票，差点昏过去，那么多零，像是最前面的两个数字在吹泡泡。

# 48

劳拉像悬在峭壁边缘似的，不知自己会坠落还是会腾飞。她知道，今天要一个人度过了。森夏恩一改往常，要和妈妈出去。在玫瑰园吵架之后，弗雷迪没再露面。她打过电话，直接转到了语音信箱，她诚恳地道了歉，但为时已晚。弗雷迪没有回复，也没再到帕多瓦来。劳拉时睡时醒，梦到自己流落荒岛，不祥的预感充斥着大脑。这座房子太压抑了，连胡萝卜也不安起来，上上下下地走动。给即将上门的失主准备茶点时，劳拉感到一场暴风雨就要来临。帕多瓦最近风平浪静。特蕾兹的房门还反锁着，音乐也不再响起。但这安静并没有带给人祥和，而是孤寂的、颓唐的。劳拉辜负了特蕾兹，也辜负了安东尼。他最后的愿望还未实现。

有人要来认领饼干盒里的骨灰。劳拉还没告诉森夏恩，倒不是因为打赌的事，只是想自己搞定它。其实她也说不上来为什么，只是觉得这件事很重要。两点整，约定的时间到了，门铃响了。劳拉打开门，看到一个身材瘦小的老太太，60多岁的样子，穿着讲究，戴着一顶钻蓝色的毡帽。

“我是尤妮斯。”她说着，伸出手来。

劳拉同她握手时，原来的紧张情绪瞬间化作乌有。

“你要不要喝杯茶，或者更提神的？”劳拉问道，好像有什么事值得庆祝似的。

“我想喝杯烈酒。真不敢想象，我还能找到他，现在愿望实现，我还真有点紧张。”

她们带着安东尼最爱的琴蕾酒，往花园里走，路过书房，顺便取出那个饼干盒。尤妮斯坐下，一手拿着酒杯，一手拿着饼干盒，满眼泪水。

“哦，亲爱的，真对不起你。我现在的样子肯定叫你笑掉大牙，可你不知道这对我来说有多重要。你把我破碎的心都补好了。”

她喝了一口酒，又深吸一口气。

“好了，我猜你肯定有一堆疑惑吧？”

尤妮斯和劳拉互通了几封邮件，但为确定她就是失主，除了失物细节并未言他。

“你坐好了吗？”她问劳拉，“故事可长着呢。”

尤妮斯从头讲起。她很会讲故事，劳拉简直不敢相信她竟没有当过作家。讲到偷走邦勃骨灰的那段，劳拉笑得眼泪直流。尤妮斯也笑了，她终于又和邦勃重逢了。

“一切都很顺利，直到我上了火车。”她说。

“上车后，有个女人带着两个小孩子，到了我在的车厢。孩子们满嘴蛀牙，特别好动，我猜他们肯定是吃了太多糖。那个妈妈忙着叫他们好好坐下，可是其中一个小女孩突然说要尿尿。她妈妈就问我能不能看一下她的儿子，她要带女儿去厕所。我不忍心拒绝。”

尤妮斯喝了一口酒，把饼干盒拉近了一点儿，好像生怕它再丢了。

“那个小男孩坐在座位上，冲我吐舌头，等他妈妈走了，就跳起来要跑掉。当时火车正好进站了，我来不及阻止他，门一开，他就跑下了车。我没办法，只能跟着他。当时，我的背包挎在胳膊上，等我发现邦勃还在座位上，已经来不及了。”

回忆到这里，尤妮斯浑身颤抖。

“你肯定猜到后来的事情了。那个妈妈发疯似的指责我绑架了她儿子，坦白讲，就算把那个小淘气给我，我都不要呢。我当时只想着邦勃，便跑去挂失，可是等火车到了布莱顿，他已经不在了。”

劳拉推了推眼镜。

“邦勃，这个名字可不一般。”

“哦，其实他的本名叫查尔斯・布拉姆韦尔・布洛克利，但大家都叫他邦勃。他很爱你的。”最后一句是说给正安息在她腿上的胡萝卜听的，“他特别爱狗。”

“你说他以前是个出版商？不知道他认不认识安东尼，是个写短篇小说的作家，安东尼·佩尔杜。”

“认识。”尤妮斯说，“我记得这个名字。他的故事真是个传奇，安东尼和特蕾兹，装满失物的书房，还有那个网站，都能写成一本书了。”

劳拉想起了学生时代关于写作的梦想，笑了起来。

尤妮斯紧抱着那饼干盒。

“你还在出版社工作吗？”劳拉问道。

尤妮斯摇摇头。

“不在了，邦勃走后，我就没心思工作了。如果你想试试写本书，我愿意帮你。我认识一些人，可以给你推荐几个出版商。”

两人安静地喝着酒，享受着午后的阳光和玫瑰的芬芳。

“你呢，劳拉？”尤妮斯开口问道，“你遇到你爱的人了吗？就像我和邦勃一样？”

劳拉摇摇头。

“遇到了，可是前几天我们吵架了。他走了。”

她一时语塞，回忆着彼时的情景。

“好吧，是我挑起的，说了些幼稚、可悲的话。唉，都算不上吵架，他都没回嘴，就站在那儿，听着我歇斯底里地咆哮。后来，他再也没来过。”

劳拉就这样一股脑说完了，竟感到前所未有的轻松。

“我是劳拉，是个十足的傻瓜。”

“你把自己逼得太紧了，亲爱的。”

尤妮斯握着她的手，笑着。

“你爱他吗？”

劳拉伤心地点点头。

“那就和他谈谈。”

“我试过了。可他不接电话，我也不能怪他，是我失态了。我在留言里说了对不起，但他已经不在乎了。”

尤妮斯摇摇头。

“不，我不是这个意思。和他当面说，别在电话里说。”

这时，尤妮斯从包里拿出一个小盒子。

“我差点忘了，”她说，“我给你带了点东西，可以放到网站上。许多年前，我去邦勃那儿面试，在回家的路上捡到了这个，后来一直当成幸运符保存着，从没替丢东西的人想过。现在，应该把它交给你保管了。我知道，要找到失主很难，但说不定会有办法的。”

劳拉笑着说：“没问题，我会尽力的。你只需要提供一下失物的信息，能想起来什么就说什么。”

尤妮斯不假思索地说出了那天的日期、时间、地点：“那天是我一生中最开心的一天。”

劳拉从尤妮斯手中接过那盒子。

“可以打开看看吗？”她问。

“当然。”

劳拉从盒中取出那枚徽章时，终于理解了森夏恩的心理。手里的物件，好像急于证明自己似的，差点要张口说话。

“你还好吧？”尤妮斯的声音遥远而模糊。劳拉踉踉跄跄地站起来，感觉天旋地转。

“跟我来。”她对尤妮斯说。

劳拉把那枚镶着《圣特蕾兹的玫瑰》照片的徽章放在梳妆台上，紧挨着安东尼和特蕾兹的照片。顷刻间，特蕾兹卧室的房门一下子打开了。那只蓝色钟表也重新转动起来。劳拉屏住呼吸，那一刻，两人都站着没动。接着，楼下花房里响起了音乐，声音越来越大。

一想到你，我便忘记

那些平常琐碎的事情

尤妮斯目瞪口呆地站在一旁，看着劳拉欢呼雀跃的样子。一阵风卷起一堆玫瑰花瓣，从窗户吹进了房间。

*　　　*　　　*

劳拉带着尤妮斯走到花园门前，正巧看到弗雷迪停好车，走下来关车门。他和尤妮斯打了招呼，然后转头望向劳拉。

“我们得谈谈。”

尤妮斯吻别劳拉，冲弗雷迪眨了眨眼。

“这才是我说的意思。”

她关好大门，笑着离开了。

# 49

尤妮斯和嘉文带着包里的邦勃、道格拉斯、宝贝简，手挽手一起走着。尤妮斯本想自己一个人去，但嘉文不答应。邦勃刚刚住进幸福港湾时，曾拜托嘉文照顾尤妮斯，但以尤妮斯独立的性格，嘉文一直找不到恰当的方式。那次追悼会上，尤妮斯向他全盘托出后，嘉文终于找到了突破口，得以兑现承诺。这天，海边阳光明媚，和风阵阵，嘉文没开车，和尤妮斯坐火车过来的，好同即将永别的朋友把酒言欢、认认真真地道别。

尤妮斯想花一整天好好怀念一下邦勃，于是两人沿着之前的路线故地重游。他们走到码头，遇到一对年轻夫妇，正带着两只小狗散步。尤妮斯不由得驻足欣赏。那两只小狗嬉戏玩耍，雀跃奔跑，嘉文看着尤妮斯失落的面容，拍了拍她的肩膀。

“别伤心，过不了多久，比尔·贝利就到家了。”

原来，尤妮斯终于放下执念，决定养只小狗。邦勃走后，她就有这个想法，但丢了他的骨灰后，她从心底里觉得自己不配养狗。她决心先尽到对老友的义务，再考虑养狗的事。那只白底黑斑牧羊犬一直拴在仓库外的铁链上，巴特西的工作人员对它往后的生活并不乐观。但这只小狗有着坚强的内心，愿意重新来过。工作人员借一句吉利的歌词，给它起名比尔·贝利，希望它能找到一个好人家。果真如此，它找到了尤妮斯。一见面，她就爱上了它那对耳朵和大大的黑眼睛。开始时，小狗很怕生，见了几次面后，它认定了这个主人，舔了舔她的手。下个星期，他们就能永远地在一起了。

尤妮斯和嘉文轮流拿着袋子。一开始，尤妮斯不想松手，但那里面有三个朋友的骨灰，太重了，只得交给他。

“重死了！”他叫道，“应该用那种老太太常用的手推车才对。”

尤妮斯坚决地摇摇头。

“别开玩笑了！那我不就成了老太太了吗？”她反驳道。

嘉文朝她挤眉弄眼：“别担心，你才不像过了50岁的人呢。”

游乐园里又热又吵，空气中弥漫着热狗、甜甜圈、爆米花的香味。嘉文以为尤妮斯把他带到了巴比伦，彩灯转动、闪烁，铃铛叮咚作响，硬币叮叮当当滚到机器中，有去无回。尤妮斯往嘉文手里塞了一把硬币，朝邦勃最爱的那台老虎机点点头。

“快去吧，邦勃最喜欢这台了。”

尤妮斯投进一枚硬币，便想起了上次在这里，邦勃刚开始一头雾水，在尤妮斯的帮助下，很快又喜笑颜开的样子。今天，只许回忆快乐的事。尤妮斯让嘉文坚持了半个小时，到最后，嘉文玩得不亦乐乎。他过关斩将，在抓娃娃机里抓到一只又丑又小的泰迪熊，自豪地拿到尤妮斯面前，送给她做礼物。她看着那小熊不对称的脸，有了主意。

“我们应该给他们各买一个礼物。”她举起袋子说。

在码头的售货亭里，他们给道格拉斯买了一个甜甜圈形状的钥匙链；在一家商店里，嘉文发现一只古老的斯塔福德郡小狗雕塑。

“像一只公狗，”嘉文说，“说不定宝贝简会喜欢。”

午饭吃了炸鱼和薯条，嘉文点了一瓶香槟，向着袋子举杯祝酒。尤妮斯一刻不停地看着那个袋子。在酒精的作用下，她终于鼓起勇气，是时候放下一切了。凉亭的尖顶在阳光下耀眼夺目。

忽必烈汗曾经在上都

下令造一座堂皇的安乐殿堂

尤妮斯总是想起柯勒律治的诗句。邦勃和小狗们先一步到了极乐世界。在礼品店里，尤妮斯买了一个水晶雪球，里面是那座凉亭的模型，这是送给邦勃的礼物。正要付钱的时候，她的目光被另一个东西吸引过去。

“再来一罐饼干。”她对柜台后面的女子说。

“已经饿了吗？”嘉文一边帮她拿东西，一边问道。

尤妮斯笑了笑。

“我还欠那个叫保琳的女士一罐饼干。”

他们来到池塘边，坐在长椅上，亭子的倒影浮现在水中，尤妮斯从口袋里拿出一把剪刀，把袋子的一角剪了一个洞。她思考了很久要怎样完成邦勃最后的愿望。确定了地点后，还要思考具体操作。她甚至不知道这样会不会有违规定，但她没去问，以免得到否定的答案，只能秘密行动。后来，灵机一动，她想起《大逃亡》里的情节。如果十来个人能在武装侍卫的眼皮下，从裤子下面撒出三条隧道里的沙土，那尤妮斯也一定能将三个好朋友的骨灰从袋子上的洞口撒出去，不会被人发现。

“要不要我帮你放哨？”

尤妮斯笑了起来。这一步，她必须自己走。嘉文看着她坚定地穿过草丛，昂首挺胸。一开始，他以为她只是漫无目的地边走边撒，但很快发现她在写字。等她回来的时候，袋子已经空了。

“邦勃说得没错，”他看着水中的倒影说，“这里真美啊。对了，你写的什么字？”

“起飞！”她回答。

# 50

她面前屏幕上的光标一闪一闪地提醒着她。左手中指上的戒指有些重，劳拉还不太习惯。她笑了笑，开始打字，心里早已想好了一句完美的开场白……

失物守护者

第一章

查尔斯·布拉姆韦尔·布洛克利在14时42分由伦敦大桥开往布莱顿的列车上，并未买票……

# 致谢

写到这里，意味着我的梦想终于实现了，可以算得上一个作家了。这条写作之路漫长曲折、坑洼不平，但我终于走过来了。帮助过我的人不胜枚举，这其中的经历都能写成一本书了，我由衷地感谢你们。

首先，感谢我的父母，在我上学前就教我读书写字，带我到儿童图书馆，让幼小的我徜徉在书籍的汪洋大海中。

感谢蒂伯·琼斯的经纪人劳拉·麦克杜格尔对我、对这本书自始至终抱有信心。我们是在圣潘克拉斯的约翰·贝杰曼雕像下认识的，几分钟的交谈便让我确定了这位合伙人。感谢你的支持与热情。你的专业、果敢，以及在推特、图片分享软件等方面的指导让我感激不尽，还有你做的柠檬馅饼！

感谢蒂伯·琼斯的夏洛特·马多克斯，感谢你在海外版权方面做出的努力，感谢你对本书的大力支持，感谢蒂伯琼斯团队，你们是地球上最酷的出版社，感谢你们让我感受到家的温暖。你们太棒了！

感谢双向道的编辑费德·安多尼诺愿意为此书赌一把。你的幽默、耐心、热情为工作增添了无尽的快乐。还要感谢双向道的整个团队，特别是丽莎·海顿、罗西·盖勒和罗斯·弗雷瑟，感谢你们的热情款待和大力支持。感谢安博·博林逊的编辑、米伦·勒帕提圭的校对、劳拉·奥利弗的装订。感谢萨拉·克里斯蒂和戴安娜·贝尔忒·贺蕾娜给帕多瓦的玫瑰园赋予了生命，设计出美丽的封面。

感谢瑞秋·科涵宝贵的编辑工作，为此书带来了诸多笑点。感谢海外的出版社，将此书带给全世界的读者！

还要特别感谢奥耶达·乌齐彻维克自始至终的陪伴和信任。

贝德福德老鹰书店的彼得·巴达克是我的朋友、导师，是陪我历经风雨的人。他的款待、建议和灵感给了我无穷的力量。彼得，你有着传奇的故事，现在该去写本书了！

在这本书的创作过程中，我的好朋友特蕾西去世了，真遗憾无法同你分享此刻的美好，是你在我想要放弃的时候给了我鼓励与支持。

感谢贝德福德和艾登布鲁克斯医院的医生们，你们的照顾让我得以完成这本书。

还要感谢保罗对我的宽容。创作期间，家里到处是我捡来的失物，到处是写满笔记的纸张，他宽容地包容了一切。我经常把自己锁在屋子里几个小时，出来时怒气冲冲地要饭吃，你仍对我不离不弃。

最后，我要感谢我的狗狗们，写作期间，无法经常带它们散步。比利和蒂利在创作期间陆续离世，我每天都在想念它们。而现在，提摩西和杜克两只小狗正睡在沙发上，还打呼噜呢。